Wulf Gero Fackiner

Ronan Blake

Roman

© 2022, Wulf Gero Fackiner
Herstellung und Verlag:
BoD – Books on Demand, Norderstedt
ISBN: 9783752822939

Dies ist den guten alten Tagen gewidmet, die wir in den Wäldern verbrachten.

Titel der Erstausgabe: Ronan Blake

1. Auflage: Februar 2020

Prolog

Diese Geschichte wird an vielen Feuern erzählt.

Man erzählt sie an den Ufern des Missouri und in den Rocky Mountains. Ich hörte sie in den Weiten von Texas und in den Wäldern von Yellowstone. Manche sagen, sie habe sogar am fernen Athabasca die Runde gemacht.

Sie ist ein Teil dessen, was wir sind, und sie spiegelt die Art und Weise wider, auf die dieses Land gegründet wurde. Es ist eine Geschichte von Habgier und Landhunger, von Skrupellosigkeit und ungehemmter Grausamkeit.

Aber es ist auch eine Geschichte von Mut und Tapferkeit, von Treue, Liebe und der Achtung vor dem Land und seinen Bewohnern.

Letzten Endes muss es aber die Geschichte eines einzelnen Mannes sein, der sich für andere aufopferte.

Erstes Kapitel

1847, im späteren Territorium Wyoming

Es war ein klarer, sonniger Tag und er knöpfte die schwere Jacke aus Büffelfell auf, da ihm während des Pirschens warm geworden war. Das Waten durch den hohen Schnee war anstrengend, und trotz der klirrenden Kälte, die draußen herrschte, stand ihm der Schweiß auf der Stirn.

Er mochte diese Tage, die so typisch für die Jahreszeit waren. Sie erlaubten es einem Mann, trotz niedriger Temperaturen seiner Arbeit nachzugehen. Diese Arbeit bestand in seinem Fall gerade darin, sich an ein Rudel Weißwedelhirsche heranzuschleichen.

Die Spuren waren nur allzu deutlich und selbst für einen ungeübten Fährtenleser sichtbar, aber auf Schussweite im tiefen Schnee an die Tiere heranzukommen, das war eine andere Sache. Zwar bot die felsige, mit Nadelbäumen bewachsene Landschaft reichlich Sichtschutz, doch die Hirsche verfügten über ein exzellentes Gehör und witterten jeden Feind auf Meilen. Daher bewegte er sich seit Morgengrauen leisen Trittes stetig gegen den Wind, um dem Wild die Witterung zu erschweren. Seine Kleidung, aus Hirschleder und Büffelfell genäht, verursachte kaum ein Geräusch, und die mit Fell gefütterten Mokassinstiefel hatten leise Sohlen. Dennoch knirschte der Schnee bei jedem Schritt, und häufig genug brach er bis zu den Hüften ein und musste sich jedes Mal mühsam befreien.

Er war ein großer Mann, knapp über sechs Fuß, und sehr muskulös. Doch nichts an ihm wirkte schwer oder gar langsam; im Gegenteil, er bewegte sich mit animalischer Grazie und Leichtigkeit. Sein Gang mochte an den eines Raubtieres erinnern und seine Augen suchten unermüdlich den Boden und die Umgebung ab. Diese Augen waren das, was Fremden zuerst an ihm auffiel. Sie waren blau, aber nicht von einem gewöhnlichen, sondern von einem derart tiefen, stählernen Blau, dass die meisten Männer seinem Blick nicht standzuhalten vermochten.

Seine Gesichtszüge wirkten markant und entschlossen, und trotz der Offenheit seiner Züge konnte man etwas Unbestimmbares darin lesen, etwas, das unzweifelhaft mitzuteilen schien, dass dies nicht der Mann war, mit dem man Streit suchte. Es war eine Tiefe, schwer beschreibbar, doch deutlich genug vorhanden, etwas, das auf Abgründe und Härten der Vergangenheit hinweisen mochte.

Vielleicht war es auch jenes Urmännliche, das nur noch in wenigen Männern vorhanden scheint, und das uns mitunter erschreckt, wenn wir ihm begegnen. Es ist ein Atavismus, eine archaische Kraft und Energie, die trotz Jahrtausenden der Zivilisation noch ungehemmt glüht.

In der Welt, in der sich gerade dieser Mann befand, war dies genau, was zum Überleben notwendig war. Hier draußen, das wusste er, gab es kaum Menschen außer ihm und keinen weißen Mann auf viele hundert Quadratmeilen.

Die einzigen, die hier lebten, waren die Shoshonen, und ihr nächstes Dorf befand sich gut fünfzig Meilen weit nordöstlich. Bisher war er mit ihnen gut ausgekommen, und es gab keinen Grund, sich vor diesen mit der Natur im Einklang lebenden Menschen zu fürchten. Ganz anders verhielt es sich mit den Crow, einem Stamm, der nicht weit östlich von hier lebte, doch dessen Krieger gelegentlich durchzogen, wenn sie Handel trieben, Frauen suchten oder auf dem Kriegspfad waren.

Mit den Crow legte man sich besser nicht an, und daher war es nötig, immer auf der Hut zu sein und sich niemals zu sehr in Sicherheit zu wiegen. Das war einer der Gründe, warum er einen Tomahawk und ein schweres Messer am Gürtel trug und warum sein Gewehr stets geladen und feuerbereit war. Die Hawken Rifle Kaliber .54 trug er nach Art der Mountain Men in der Rechten und nur dann an einem Riemen auf dem Rücken, wenn er sicher sein konnte, dass keinerlei Gefahr drohte.

Hier draußen konnte sich das Schicksal eines Mannes binnen Sekunden entscheiden, eine Unachtsamkeit konnte alles verändern. Es gab zahlreiche Grizzlybären, Berglöwen und große Wolfrudel, und ein Jäger, der keinerlei Geräusch verursachte, konnte allzu leicht mit derartigen Gefahren konfrontiert werden. Besonders Begegnungen mit Bären, die überrascht wurden und dann ihre Jungen oder ihre Beute bedroht sahen, stellten ein nicht unbeträchtliches Risiko dieser einsamen Jagdausflüge dar.

All jenem war er stets eingedenk, ohne daraus jedoch Sorge oder gar Furcht werden zu lassen. Für ihn war die Vorsicht zu etwas Natürlichem geworden, zu einem Teil seines Unterbewusstseins. Daher konnte er auch seine volle Aufmerksamkeit auf die flüchtige Bewegung richten, dic er zu seiner Linken wahrnahm. Es war mehr ein Schatten gewesen, den er gesehen hatte, etwas sehr Vages, und doch war er sich ganz gewiss. So glitt sein rechter Daumen instinktiv zum Schloss der Hawken Rifle, und mit leisem Knacken spannte er den Hahn.

Links von ihm befand sich dichter Nadelwald und irgendwo zwischen den Bäumen musste etwas sein. Irgendetwas oder irgendjemand. Vorsichtig änderte er die Richtung und schlich auf den Wald zu. Jeder Muskel in seinem Körper schien nun gespannt, und doch bewegte er sich locker und trittsicher. Zu erfahren war er, als das ihn etwas in Erstarrung versetzen könnte.

Er ging ein wenig geduckt, um die eigene Silhouette zu verringern und im Falle eines Angriffs schneller Deckung nehmen zu können. Einen Fuß vor den andern setzend, setzte er die Ferse zuerst auf und prüfte für einen Sekundenbruchteil den Untergrund bevor er den Rest des Fußes aufsetzte. Diese Pirschtechnik hatte er sich von den Indianern abgeschaut und in langen Jahren des Lebens an der Grenze verfeinert. Sie hatte den Vorteil, dass ein Fehltritt, etwas auf ein dünnes Ästchen, korrigiert werden konnte, und dass sich der Schleichende niemals außer Balance befand, wie dies etwa beim Pirschen auf Zehenspitzen gelegentlich der Fall war.

Nach unbestimmter Zeit hatte er den nahen Waldrand erreicht. Nun wurde er besonders achtsam und bewegte sich nur noch zentimeterweise voran. Im hohen Schnee vor ihm regte sich nichts, und erst, als er zwischen den dunklen Bäumen hindurch spähte, sah er erneut eine Bewegung. Das Gewehr nun im Halbanschlag, schlich er zwischen den Douglastannen hindurch und bahnte sich einen Weg durch das Gehölz.

Keinen Laut machen zu dürfen, das war besonders nervenaufreibend, und nach wenigen Minuten war der Mann in Schweiß gebadet. Hinter einem dicken Stamm ging er zunächst in Deckung, um dann aus seinem Versteck heraus zu spähen. Was er sah, verblüffte ihn zunächst. Nicht etwa ein Krieger war es, den er keine zwanzig Yards entfernt erblickte, und auch kein Hirsch, sondern ein einsamer Wolf, der ihn geradewegs ansah. Es schien, als habe das Tier nur darauf gewartet, dass der Mann ihm folge.

Für einen Moment schien dieser zu zögern, dann fühlte er sich unter dem durchdringenden Blick des Tieres irgendwie ertappt und senkte die Hawken. Einen Wolf wollte er nicht töten. Dieser schenkte dem Mann noch einen letzten Blick, dann verschwand er in die Gegenrichtung.

Ein prachtvolles Tier, dachte er, und betrachtete das glänzende Fell des Timberwolfs, der scheinbar unbekümmert davon trottete. Für einen Moment dachte er daran, einfach umzukehren und seine

Pirsch fortzusetzen, doch irgendetwas hatte ihn neugierig gestimmt und er schlich auf die Stelle zu, an der der Wolf auf ihn gewartet zu haben schien. Zunächst konnte er nichts Auffälliges entdecken, doch dann sah er zwischen den Bäumen hindurch eine Lichtung, die von seiner vorigen Position aus nicht sichtbar gewesen war. Er musste sich mit der Linken die Augen reiben, denn als er genauer hinsah, konnte er denselben kaum trauen. Auf der Lichtung stand Rudel Weißwedelhirsche und suchte im tiefen Schnee nach Nahrung.

Er musste dem Drang widersehen, dieses Schauspiel der Natur länger zu betrachten, denn die Tiere konnten ihn jeden Augenblick bemerken. Also schätzte er das Rudel kurz ab, traf seine Wahl, strich die Hawken an einen Baum an und zielte sorgsam.

Wie Donnerschlag krachte die .54er im tiefen Gehölz, und für Sekunden konnte er vor Pulverdampf kaum etwas sehen. Als das Echo des Schusses verhallt war, kehrte wieder Stille ein in den Wäldern. Das Rudel war in panischer Flucht abgesprungen, und auf den ersten Blick schien die Lichtung wie leergefegt.

Der Mann aber wusste, dass er sein Ziel nicht verfehlt hatte. Also trat er aus dem Dickicht hervor und schritt auf die Mitte der Lichtung zu. Dort lag, tot und reglos, halb im tiefen Schnee, das Kalb, auf das er angelegt hatte. Es war ein prächtiges junges Tier aus diesem Jahr, genau richtig für seinen Bedarf, und es hatte einen Blattschuss.

Für einen Moment legte der Mann das Gewehr zur Seite, hielt inne und dankte dem Tier nach Indianerart dafür, dass es zu seiner Beute geworden war. Er bezeugte dem Wild seinen Respekt für dessen Schnelligkeit, Kraft und Ausdauer. Dann begann er mit der harten Arbeit.

Das Tier musste ausgeweidet und zerteilt werden, was im hohen Schnee bei eisigen Temperaturen keine Kleinigkeit war. Darüber hinaus musste er sich beeilen, denn über einen Jagderfolg freute sich in dieser Gegend meist nicht nur der Jäger. Die Bären waren für gewöhnlich noch im Winterschlaf, und auch Berglöwen, Wölfe oder durchziehende Indianer konnten an seiner Beute Interesse zeigen.

Es war eine blutige und anstrengende Arbeit, doch nach einiger Zeit hatte er das Tier grob zerteilt und das Wildbret in ein ledernes Bündel geschnürt, das er sich auf den Rücken band. Er konnte bei Weitem nicht alles mitnehmen; nur die besten Stücke, den Rest überließ er denen, die nach ihm kämen.

Als er seine eisigen Hände zurück in die Handschuhe gesteckt hatte, nahm er die Rifle in die Rechte und stapfte den Weg zurück, auf dem er gekommen war. Es sollte noch beinahe drei Stunden dauern, ehe er die Hütte erreicht hatte, und als es soweit war, war er froh darum, denn es begann bereits zu dämmern.

Zweites Kapitel

Das Blockhaus befand sich auf einer Anhöhe tief in den Bergwäldern, und war von keinem Punkt der Umgebung aus gut sichtbar. Erst wenn man sich gut fünfzig Yards von dem soliden Gebäude entfernt befand, konnte man es im Detail sehen. Es war eine solide Hütte, etwa sechzehn Fuß breit und zwanzig Fuß lang, und die Wände waren aus anderthalb Fuß dicken Eichenstämmen. Alles hatte der Mann selbst errichtet, jeder Handgriff, vom Fällen der Bäume über das Hochziehen der Wände, das Abdichten der Fugen mit Moos und Harz und den Bau des Daches, war nur von ihm getätigt worden.

Er war stolz auf das Blockhaus, und es war der Mittelpunkt seines Lebens hier draußen. Als er zur Tür hereinkam, empfing ihn die behagliche Restwärme des vor Stunden erloschenen Kaminfeuers. Die Isolierung der Wände war so gut, dass sich die Wärme einen halben Tag lang hielt. Schnell machte er sich daran, ein neues Feuer zu entfachen, dann verstaute er das Wildbret in einem

Cache außerhalb der Hütte. Dieses befand sich in zehn Fuß Höhe in einem Baum, eine Vorsichtsmaßnahme um Bären und andere Raubtiere abzuhalten, die er von den Shoshonen gelernt hatte.

Morgen würde er beginnen, das Fleisch zu räuchern und somit für eine gewisse Zeit haltbar zu machen. Lediglich ein kleines Stück hatte er mit in die Hütte genommen, und das briet er nun über dem offenen Feuer, auf den Ladestock seiner Hawken gespießt.

Zu seiner einsamen Mahlzeit trank er einen Becher heißen Kaffees und genehmigte sich nach dem langen Tag einen großen Schluck Whiskey aus einer Feldflasche, die er aus einem im hinteren Teil der Hütte gelagerten Fass nachfüllte.

Dieser hintere Teil wurde durch ein schweres Fell vom Vorderteil abgetrennt. Ein massives, aus abgelagerten Stämmen gezimmertes Bett stand in der linken Ecke, und daneben diente ein einfacher Baumstumpf als Ablage. An der hinteren Wand stand ein hölzerner Waffenständer, der das Arsenal des Mannes beinhaltete. Außer der .54er Hawken befand sich dort eine doppelläufige

Schrotflinte Kaliber 12, eine leichte Kentucky Rifle Kaliber .45 sowie ein Colt 1839 Trommelgewehr im Kaliber .52. Auf diese Waffe war der Mann besonders stolz, denn es handelte sich um ein sehr seltenes Modell, an das er durch einen großen Zufall geraten war. In einer Holzkiste verwahrte er außerdem vier brandneue Walker Colts im Kaliber .44, die er einem Offizier der Armee beim Pokern abgenommen hatte. Die Walker hatten gerade erst Serienreife erreicht und stellten ein Novum dar. Gegenüber dem Patterson Colt, den der Mann seit einigen Jahren besaß und der stets unter seinem Kopfkissen ruhte, waren sie schwer, solide und von enormer Durchschlagskraft. Ihre Pulverladungen waren so stark wie die mancher Gewehre und auch in Bezug auf Präzision waren sie beachtlich. Außerdem verfügte er noch über einen Philadelphia Derringer im Kaliber .45.

Die zahlreichen Waffen waren durchaus notwendig, denn es wäre denkbar, dass es zu Auseinandersetzungen mit durchziehenden Crow kommen könnte. Dies war auch der Grund dafür, dass das Blockhaus an allen Seiten mit zahlreichen

Schießscharten versehen war, die es einem Mann im Innern ermöglichten, das ganze Gelände im Umkreis von fünfzig Yards zu kontrollieren. Jeglichen Bewuchs in diesem Umkreis der Hütte hatte er sorgfältig entfernt, und die Rückwand sowie ein kleiner Teil der westlichen Wand wurden von einem soliden, mehrere hundert Fuß hohen Felsen überragt, der steil und nahezu nicht erklimmbar war. Lediglich die nördliche und die östliche Seite sowie ein Teil der westlichen Seite der Blockhütte konnten somit attackiert werden, wobei die Eingangstür die kritischste Stelle war.

Ihr Rahmen war besonders massiv, und von innen konnte sie durch zwei mächtige hölzerne Riegel verschlossen werden, dennoch blieb sie eine Schwachstelle. Bis auf sie, die winzigen, von innen verschließbaren Schießscharten und natürlich den Kamin verfügte die Hütte über keinerlei erkennbare Öffnungen, und das hatte gute Gründe.

Im hinteren Teil, auf der östlichen Seite, befand sich ein niedriger Keller, den der Mann in mühseliger Arbeit gegraben hatte. In diesem lagerte er Vorräte und Schießpulver, und er war durch eine hölzerne Luke im Boden erreichbar. Außerdem führte der Keller in einen Tunnel in Richtung Westen, der als Notausgang und letzte Absicherung diente, doch dazu später.

Der vordere, nördliche Teil des Blockhauses wurde durch den mächtigen steinernen Kamin dominiert, den der Mann aus einem Felsbrocken heraus gehämmert hatte. Dieser Kamin war das Zentrum der Hütte, es war die Quelle des Lebens im Winter und spendete Wärme und Geborgenheit. An den langen Abenden saß der Mann in Gedanken versunken am Feuer, sah dem Spiel der Flammen zu, rauchte seine Pfeife oder besserte Kleidung und Mokassins aus.

Manchmal schrieb er auch, schrieb ohne darüber nachzudenken in ein abgewetztes ledernes Tagebuch. Er schrieb von Dingen, die ihm in den Sinn kamen, von seiner Vergangenheit, den schlimmen Dingen, die er gesehen hatte und von seinem Leben hier, in der Abgeschiedenheit der Wildnis.

Ansonsten befanden im Vorderteil der Hütte noch ein grob gezimmerter Tisch und eine ebenso einfache Bank sowie zwei Hocker, auf denen nur selten ein Fremder Platz nahm. Der Mann selbst saß oft auf einem Fell auf dem Boden der Hütte, der, anders als in den meisten primitiven Blockhäusern jener Zeit, aus solidem Holz gefertigt war. Diese Sitzhaltung hatte er sich bei den Indianern angewöhnt, und nach einiger Zeit war es ihm unnatürlich erschienen, auf einem Hocker zu sitzen. Daher hatte er die Fertigung weiterer Möbel nach seiner Anfangszeit aufgegeben.

Um den Innenraum dennoch gemütlich zu gestalten, hatte er am Boden an einigen Stellen Felle ausgelegt, und auch an den Wänden hingen mehrere prächtige Bärenfelle, die zusätzlich Windschutz und Isolation boten. Auch einen indianischen Traumfänger und ein Mandella gab es dort, außerdem ein paar Geweihe von Weißwedelhirschen und das Gehörn eines Big Horn Schafes.

Somit war die Hütte, so einfach sie auch sein mochte, durchaus kein ungemütlicher Ort. Für den Mann bedeutete sie viel, ein Refugium in einer wahnsinnig gewordenen Welt. Oft plagten ihn Albträume von dem, was er in seiner Vergangenheit erlebt hatte, und obwohl das Ganze nun mehrere Jahre her war, so ließ es ihm dennoch keine Ruhe.

Gelegentlich griff er zur Flasche, um die Vergangenheit zu bewältigen, doch das wurde weniger und er hatte sein Trinken seit einiger Zeit unter Kontrolle. Die Natur spendete der Seele einen Frieden, den er zuvor niemals erfahren hatte, und bei den Begegnungen, die er gelegentlich mit den Indianern hatte, spürte er eine Tiefe des Wesens, die er zuvor bei kaum einem Menschen erlebt hatte.

Insgesamt zogen sie ihn sehr in seinen Bann, die Shoshonen, und trotz der großen Sprachbarriere und einer anfänglichen Scheu beiderseits traf er sich doch immer häufiger mit ihnen. Diese Treffen wurden von den Indianern gern gesehen, denn diese waren von Natur aus neugierig und an kulturellem wie materiellem Austausch interessiert. Was er ihnen zu bieten hatte, das waren vor allem Waren aus einer Welt, die sie nicht kannten, sowie Geschichten über selbige.

Was die Waren anging, so handelte es sich um Grundnahrungsmittel des weißen Mannes wie

Mehl, Kaffee, Zucker, Salz und Konserven, außerdem aber auch Werkzeuge, darunter Äxte, Messer, Hacken, Hämmer und Nägel. Mit Feuerwaffen oder Alkohol handelte er grundsätzlich nicht. Zunächst hatte er Überflüssiges aus seinen eigenen Beständen gegen Felle und Wildbret getauscht, doch als die Nachfrage größer wurde, hatte er es sich zur Angewohnheit gemacht, ein paarmal im Jahr die mühsame Reise zum nächsten Handelsposten der Hudson's Bay Company zu machen, und der lag rund einhundert Meilen entfernt. Dort kaufte er alles ein, was er für sich und den Handel benötigte und machte sich dann schnellstmöglich auf den Rückweg.

Für eine Strecke benötigte er mit Pferd und Packpferden zwei bis drei Tage, und ein solcher Ausflug war gewöhnlich die einzige Gelegenheit, weiße Menschen zu sehen. Er bedauerte diesen Umstand keineswegs. Die beiden Pferde waren im letzten Spätherbst von einem Bären gerissen worden, wodurch ein weiterer Ausflug in die Zivilisation erheblich umständlicher werden würde.

An diesem Abend am Feuer wurde er sehr schnell müde, nachdem er die Mahlzeit beendet hatte. Die Jagd und der Aufenthalt in der Kälte hatten seinen Körper beansprucht und bald verzog er sich in den hinteren Teil der Hütte und kroch in seinen warmen Schlafsack aus Bärenfell.

Am nächsten Morgen weckte ihn das Krächzen eines Raben, und er war bald auf den Beinen, machte Feuer und briet Eier mit Speck. Ein derartiges Frühstück war für ihn durchaus nicht gewöhnlich, aber er hatte die Eier von zwei Hühnern, die er von seinem letzten Aufenthalt im Handelsposten mitgebracht hatte. Die Hühner hatten die letzten Wochen der Kälte nicht überstanden, und es war an der Zeit, ihre letzten Eier zu verbrauchen. Nach einer Tasse schwarzen Kaffees zog er die Jacke aus Büffelfell über seinen ledernen Jagdrock, steckte Tomahawk und Messer in den Gürtel und schnappte sich die lange 12er Schrotflinte.

Ein kurzer Gang vor der Hütte bestätigte ihn in einer Vermutung, die er gehabt hatte: In der Ferne hörte er das Geschrei einiger früher Wildgänse, die ihre Wanderung aus wärmeren Gefilden hinter sich gebracht hatten. Es würde sich lohnen, auf eine vorbeifliegende Gans zu lauern.

Schon bald befand er sich wieder tief im Gehölz, die Flinte in der Rechten, und marschierte durch den hohen Schnee auf die typischen Laute zu. Auf dem Weg sah er mehrere Eichhörnchen und einen Schneehasen, doch die Hoffnung auf eine Wildgans war zu verlockend, als dass er einen Schuss riskiert hätte. Überhaupt war er der Eichhörnchen überdrüssig. In seinem ersten Jahr in den Bergen, als er sich noch wenig auskannte, hatten diese eine seiner Hauptnahrungsquellen gebildet. Seit dem war ihm die eigenartige Konsistenz des Fleisches zuwider, und er erlegte nur dann ein Eichhorn, wenn es unvermeidbar war.

Im Gegensatz dazu war eine über dem offenen Feuer gebratene Wildgans eine Delikatesse, und Federn und Daunen waren ihm ein willkommener Rohstoff. Während seines Marsches musste er eine Freifläche überqueren, und sofort machte sich wieder seine alte Vorsicht bemerkbar. Genauestens überprüfte er das Gelände und suchte den Boden nach verräterischen Spuren ab, bevor er sich aus der Deckung wagte. Manchmal erschienen ihm die eigenen Angewohnheiten ein wenig verrückt, doch immer wieder einmal zeigte sich, dass es allen Grund zur Vorsicht gab. So auch an diesem Morgen.

Nach kurzer Zeit wurde das Gelände flacher und die unverkennbaren Laute der nach langem Winter zurückkehrenden Wildgänse waren deutlicher zu hören. Nach Schätzung des Mannes mussten sie irgendwo Rast machen, etwa an einem Gewässer. Das einzige, was nicht zugefroren war, war eine kleine Quelle etwa eine Meile von seiner Hütte entfernt.

Sie bildete, mit der Quelle, die sich nur wenige Yards unterhalb der Hütte befand, und dem nahegelegenen See die einzige zuverlässige Trinkwasserversorgung. Obwohl es ungewöhnlich für Wildgänse war, sich in der Nähe einer Quelle aufzuhalten, so mochten sie doch an jener geschützten Stelle nach Futter suchen, denn noch nicht viele Stellen waren frei von Schnee und Eis.

Überhaupt war der Winter diesmal ungewöhnlich lang gewesen und schien die Natur überrumpelt zu haben. Für die Gänse wurde es ohne Frage höchste Zeit, dass sich Schnee und Eis zurückzogen.

Während er weiter voran pirschte, dachte der Mann zum ersten Male über jene seltsame Begegnung mit dem Wolf am Vortage nach. Es war in der Tat äußerst ungewöhnlich, wie sich das Tier verhalten hatte. Sicher, ein einzelner Wolf mochte ein Rudel Hirsche beschleichen, aber was merkwürdig war, war die Tatsache, dass der Wolf auf den Mann gewartet zu haben schien, so als wolle er ihn auf die Hirsche hinweisen.

Das war dummes Zeug, ohne Frage, und in derartigen Momenten fragte sich der Mann, ob die lange Einsamkeit für derartige Einfälle verantwortlich war. Doch ohne Zweifel geschahen hier draußen manchmal merkwürdige Dinge. Es war nicht so, wie er sich es damals vorgestellt hatte, als er von Texas weg ging. Zwar war er immer viel draußen gewesen, und als Sohn einer Einwandererfamilie aus Tennessee hatte er auf dem Weg nach Texas viel erlebt, doch dieses Land hier war anders. Es handelte sich um gänzlich unberührte Wildnis, um ein Land, in das für gewöhnlich kein weißer Mann seinen Fuß setzte. Die Gegend um seine Hütte hatte möglicherweise vor ihm noch nie ein Weißer erblickt, nicht einer mochte seine Spuren auf dem jungfräulichen Boden hinterlassen haben.

Ganz in diesen Gedanken versunken, hätte er beinahe die Eindrücke im Schnee zu seiner Rechten übersehen. Als er sie entdeckte, war es, als legte sich eine eisige Hand um seinen Hals. Es waren die Spuren mehrerer unbeschlagener Ponys, so wie die Crow sie benutzten. Auf den ersten Blick mochten es zehn oder maximal zwölf sein, zu klein für eine War Party, doch größer als ein gewöhnlicher Jagdtrupp.

Die Spuren führten in östlicher Richtung davon, und sie waren äußerst frisch. Es gab keine andere Möglichkeit, er musste ihnen einfach folgen, wenigstens eine Weile, um sich zu vergewissern, wohin die Reise der Indianer ging. So spannte er die Hähne der doppelläufigen 12er und ging den Spuren vorsichtig nach. Indianer zu beschleichen, das war ein äußerst gefährliches Unterfangen, und dem Mann war keinesfalls wohl dabei.

Andererseits gab es keine Alternativen, denn der Mann wusste, dass sie seine Hütte mit großer Wahrscheinlichkeit entdecken würden. Daher würde es von großem Vorteil sein, etwas über den Zweck indianischer Präsenz in diesen einsamen Gefilden zu erfahren. Dazu ging er folgendermaßen vor: Er entfernte sich ein wenig von der Fährte, um aus einiger Entfernung parallel zu folgen. Dieser Sicherheitsabstand war nötig, um nicht blindlings in eine mögliche Nachhut der Indianer zu laufen.

Über den Ausgang einer denkbaren bewaffneten Konfrontation gab er sich keinen Illusionen hin: Mithilfe seines Trommelkarabiners und seinen Colts gab es eine gewisse Chance, vorausgesetzt, er verfügte über Deckung, Munition und ausreichend Zeit zum Nachladen. Nur mit der Flinte und seinen Nahkampfwaffen jedoch würde er gegen eine Gruppe Gegner nicht allzu viel ausrichten können. Zu viele bewaffnete Kämpfe hatte der Mann in seinem Leben bisher überstanden um über derartige Konstellationen Bescheid zu wissen. Im Leben des Mannes war sehr viel Blut geflossen und die Erinnerung an vergangene Konflikte konnte er kaum ertragen.

Umso mehr war ihm daran gelegen, jedem Kampf aus dem Weg zu gehen. Daher ging er bei seiner Pirsch sehr sorgfältig vor und vermied jedes unnötige Geräusch. Nach etwa einer Stunde verließ die Fährte den tiefen Wald und durchquerte eine breite Schlucht, um auf der anderen Seite bergan zu verlaufen.

Nun war höchste Vorsicht geboten. Die Fährten waren frisch, kaum älter als eine Stunde, und obwohl der Mann keinerlei Geräusch vernahm, war es durchaus möglich, dass sich die Indianer direkt jenseits der Schlucht aufhielten. Ihnen durch offenes Gelände zu folgen war Wahnsinn. Andererseits konnte er ebenso wenig warten und das Risiko eingehen, dass die Indianer seine Hütte entdeckten und plünderten. Schließlich waren es nicht nur persönliche Besitztümer, um die es dem Mann ging. Sein Überleben hing von der Nahrung, der Kleidung, dem Ofen und den Waffen ab, die sich in der Hütte befanden. Der Verlust dieser Dinge würde in den winterlichen Rocky Mountains unweigerlich zu seinem Tod führen.

Kurz überlegte er, was zu tun sei, dann entschloss er sich, die Schlucht weiträumig zu umgehen und durch die tiefen Wälder zu seiner Rechten zu pirschen um schließlich den dicht bewaldeten Anhang zu erklimmen. Nach einer halben Stunde hatte er eine Position erreicht, die ihm günstig erschien um nach links abzubiegen und wieder auf die Fährte der Indianer zu stoßen.

Von nun musste er sich auf seine Instinkte und sein Glück verlassen: Ohne sichtbare Spuren im Schnee war der Standort der Crow schwer zu bestimmen und es war durchaus denkbar, dass er ganz unvermutet auf seine Gegner stieß. Daher ging er noch bedächtiger vor als bisher, schleichend, wartend, alle paar Meter gänzlich innehaltend und lauschend. Aber kein fremdes Geräusch drang an sein empfindliches Ohr, nichts störte den Frieden der endlosen Wälder.

Allmählich machten sich nervliche Anspannung und körperliche Anstrengung bei dem Mann bemerkbar und er musste eine kurze Pause einlegen und die schwere Jacke aus Büffelfell öffnen. Aus einer Hosentasche zog er ein Stück Trockenfleisch, das er aus einem im Herbst erlegten Hirsch gewonnen hatte. Sorgfältig kauend, sog er die Kraft aus dem mageren und scharf gewürzten Fleisch und nach wenigen Minuten führte er seine Pirsch fort.

Es dauerte noch unbestimmte, dem Mann endlos erscheinende Zeit, bis er endlich meinte, ein kaum vernehmbares Knacken im Unterholz zu hören. Noch vorsichtiger und langsamer als bisher schlich er vorwärts, seine Rechte ertastete sich ihren Weg in den verzierten Bügel und an den Abzug der 12er Flinte, jeder Muskel an seinem Körper war gespannt.

Endlich, nach ein paar Metern, entdeckte er einen farbigen Schimmer in einem Dickicht voraus. Dann hörte er leise, unterdrückte Stimmen. Er pirschte noch ein wenig näher, dann gab es keinen Zweifel mehr: Crow Indianer. Es schien sich um einen etwa zehn Mann starken Trupp zu halten. Sie führten ihre Ponys am Zügel und bahnten sich zu Fuß ihren Weg durch das dichte Gehölz.

Über den Zweck ihrer Anwesenheit konnte es wenig Zweifel geben: Es handelte sich ohne Frage um eine War Party, denn kein Jagdtrupp bewegte sich derart umsichtig in größerem Verband.

Für einen Moment überlegte er, noch näher heranzuschleichen, doch dann verwarf der Mann diesen Gedanken, denn das Risiko wuchs ins Unermessliche, während es nur wenig zu gewinnen gab: Lediglich die genaue Anzahl der Indianer galt es noch zu erfahren, außerdem den Namen ihres Anführers. Alle anderen Parameter waren geklärt. Er hörte ihre Sprache, konnte die Anzahl der Indianer anhand ihrer Stimmen einschätzen und ihr Vorhaben ziemlich genau eingrenzen.

Der bunte Stofffetzen, den er zuerst erblickt hatte, bewegte sich mit einem Mal und schien sich in die Richtung des Mannes zu bewegen. Nun war Eile geboten. Es wäre äußerst ungünstig, wenn ihn die Crow so weit von der Hütte entfernt erwischten. Daher zog er sich schnellstmöglich zurück. Und tatsächlich, sie schienen sich auf ihn zuzubewegen. Es blieb keine Zeit mehr die eigenen Spuren zu verwischen, daher beschloss er, so schnell es unter Vermeidung deutlicher Geräusche möglich war, den Weg zurück zur Hütte einzuschlagen.

Was nun folgte, war ein erbarmungsloser Wettlauf zwischen einem Trupp indianischer Krieger und einem einzelnen Weißen, der beschlossen hatte, sein Dasein in der Wildnis zu fristen.

Schon nach kurzer Zeit war es offensichtlich, dass die Crow ihn entdeckt hatten und sich auf seiner Fährte befanden. Bald schon konnte er sich keine Gedanken mehr um die Geräusche machen, die er verursachte, sondern musste versuchen, schnellstmöglich seine Zuflucht zu erreichen. Der einzig sinnvolle Weg war der Rückweg auf seiner alten Fährte, wobei er es erneut vermied, offenes Gelände zu durchqueren.

Es wurde eine brutale Hatz und zwischenzeitlich konfrontierte er sich immer wieder mit dem Gedanken, die erstbeste Deckung zu suchen und den Indianern ein letztes verzweifeltes Gefecht zu liefern. Doch so aussichtslos schien diese Vorstellung, dass er weiter hastete, stets ein sich ständig näherndes Knacken von Zweigen im Ohr.

Drittes Kapitel

Er war bald außer Atem, doch er lief weiter und seine Lungen begannen zu brennen und seine Seite zu schmerzen. Wenn auch durch viele Hirschjagden und Kämpfe der Vergangenheit gestählt, verlangte ihm dieser Lauf durch den Schnee, in den er immer wieder tief einsank, sämtliche Kräfte ab. Kontinuierlich schienen die Crow näher zu kommen und es schien eine Unendlichkeit der Qual zu sein, bis er schließlich die schützenden Umrisse der massiven Blockhütte vor sich erblickte. Nun kam ein letztes Stück durch offenes Gelände, denn er hatte die einem möglichen Feind Deckung spendenden Bäume rings um die Hütte gefällt. In einem verzweifelten Sprint preschte er aus dem Wald heraus und auf die schwere Tür zu, da spürte er ein brennendes Zupfen im linken Unterarm und in dem Moment, in dem sich seine Rechte um den Türöffner schloss, sah er den Pfeil aus seinem Arm ragen.

Ein paar flinke, einstudierte Bewegungen, und er befand sich in der Hütte, die Eingangstür war verriegelt, der Trommelkarabiner in seiner Hand. Ohne auf den Pfeil oder den Schmerz zu achten, stürmte er an eine Schießscharte, erblickte die Silhouette eines Indianers, legte den Karabiner an und ließ eine aus drei Schuss bestehende Salve in die Beine des Gegners fahren. Dieser schrie auf, sackte zusammen und wurde dann von mehreren Händen außer Sicht gezerrt.

Sofort besetzte der Mann eine weitere Schießscharte, entdeckte zwei Krieger, welche die Rückseite der Hütte ausspäten und feuerte die restlichen drei Schuss des Trommelgewehres in ihre Arme und Oberschenkel. Ein wütendes Geschrei ließ sich vernehmen, dann verschwanden die Männer und es wurde mit einem Male still.

Der Mann kannte die Gewohnheiten der Indianer zu gut um zu wissen, was das zu bedeuten hatte. Er wusste, dass sie sich vorerst zurückzogen und ihm ein wenig Zeit zur Vorbereitung blieb. Schnell hechtete er an den schweren Kamin im vorderen Bereich der Hütte, stocherte in der Glut und brachte ein kräftiges Feuer in Gang. Anschließend holte er die große lederne Feldflasche mit dem

Whiskey nach vorn, nahm ein paar tüchtige Schlucke um sich anschließend seine Verletzung zu besehen.

Der Pfeil hatte seinen Unterarm glatt durchschlagen und die Wunde blutete höllisch, doch wie durch ein Wunder schien der Knochen heil geblieben zu sein.

Es kostete ihn einiges an Überwindung, doch mithilfe eines Stücks Leder, das er zwischen die Zähne nahm, brach der Mann die Spitze und das Ende des Pfeils ab und zog diesen anschließend in einer geraden Bewegung nach vorne heraus. Als dies geschehen war, verspürte er einen starken Schwindel und sackte an der Wand der Hütte entlang auf den hölzernen Boden.

Nach ein paar Minuten ging es ihm besser, er verband und desinfizierte die Wunde, nahm noch einen Schluck Whiskey, holte dann einen geräucherten Schinken aus dem Dunkel der Hütte hervor und aß ein großes Stück. Dann trank er mehre Becher Quellwasser, welches er in einem Fass aufbewahrte und holte anschließend alle Feuerwaffen aus dem Gewehrständer und der Truhe hervor.

Für den Karabiner hatte er mehrere fertig geladene Trommeln zur Reserve und mit ein paar routinierten Bewegungen lud er frisch und überprüfte die anderen Waffen. Die Hawken lud er mit einer extra starken Ladung und das Vogelschrot der Flinte tauschte er gegen grobes „Buckshot"-Postenschrot aus. Auch die .45er Kentucky lud er, denn sie war eine präzise und tödliche Büchse. Zusätzlich zu Tomahawk und Messer schnallte er sich ein Doppelholster mit zwei der schweren Walker Colts um die Hüfte, den Patterson Colt legte er in den vorderen, die beiden übrigen Walkers in den hinteren Bereich der Hütte.

Darüber hinaus sorgte er dafür, dass das Feuer im Ofen stets brannte und ein Topf mit heißem Gulasch, ein Eimer mit heißem Wasser und eine Kanne heißen Kaffees stets bereitstanden.

Dann erst ging er der Reihe nach an alle Schießscharten und kontrollierte sie, obwohl er sich ziemlich sicher war, keinen Indianer zu erblicken. Diese Einschätzung erwies sich als zutreffend und zuversichtlich überprüfte er den Verschlusszustand von Tür und Fensterläden.

Inzwischen hatte die Dämmerung eingesetzt und der Mann wusste, dass Indianer so gut wie nie bei Nacht angriffen, da ihr Glaube besagte, dass die Seele eines getöteten Kriegers im Dunkeln nicht in das Jenseits eintreten konnte und ewig in der Dunkelheit verbleiben musste. Daher würde ein weiterer Angriff ausbleiben, zumindest bis zum Morgengrauen. Dann würden sie, so vermutete er, von verschiedenen Seiten angreifen und das Dach der Hütte in Brand zu setzen versuchen.

Bis dahin konnte er sich ausruhen und seine Verletzung behandeln, wie auch sie ihre Verwundeten pflegen würden. Schließlich hatte er ihnen ziemlich zugesetzt; beinahe ein Drittel des Trupps war verwundet, möglicherweise kam einer der drei Angeschossenen nicht durch. Immerhin war es selbst für die medizinisch versierten Indianer keine Kleinigkeit, einen Verwundeten inmitten der noch immer recht winterlichen Rocky Mountains am Leben zu erhalten.

Ihre Ausrüstung schien leicht zu sein und vermutlich verfügten sie noch nicht einmal über Zelte, was den Mann in seinen Überlegungen sofort zur nächsten Frage führte: Was hatte eine War Party am Ende des Winters in dieser gottverlassenen Gegend zu suchen? War die Feindschaft zwischen den Crow und den Shoshonen inzwischen so erbittert, dass sie einander bis in die Winterquartiere verfolgten und sich gegenseitig den Garaus machten? Ein solches Verhalten kam hin und wieder vor, doch es war untypisch für die Kriegsführung von Indianern.

Oder war er es, dem dieser Besuch galt? Der Mann grübelte lange über diese Möglichkeit nach und kam zu keinem befriedigenden Ergebnis. Es war bereits spät, als der Mann die Petroleumlampe löschte und sich zum Schlafen zurückzog. Kaum war das Licht aus, fiel er in einen tiefen, traumlosen Schlaf.

Einige Zeit später – er wäre nicht in der Lage gewesen zu sagen, zu welcher Stunde genau – riss ihn etwas aus dem Schlaf. Es war nichts Bestimmtes, kein Geräusch, mehr eine Ahnung, eine Schwingung der Luft, die ihn aufschrecken ließ. Mit einem sicheren Handgriff hatte er den Walker

Colt in der Hand und spannte den Hahn. Dann lauschte er gespannt in die Dunkelheit.

Nichts. Kein Geräusch. Und doch, sie kamen. Lautlos richtete er sich auf, schlüpfte in die fellbesetzten Mokassins und legte die Holster für die beiden Walkers an. Anschließend steckte er sich den schweren, rasiermesserscharfen Tomahawk und das Bowie mit dem Hirschhorngriff in den Gürtel. Mit beiden Nahkampfwaffen war er äußerst geübt und er pflegte sie bei sich zu tragen wann immer möglich. Er hatte in Hirschlederhemd und –Hosen geschlafen und aufgrund der besseren Beweglichkeit zog er sich weder Jacke noch Mantel über.

Auf Zehenspitzen bewegte er sich durch den Raum und kontrollierte zuerst die vorderen Schießscharten, die von innen durch dicke mit Leder bespannte Klappen verschlossen waren. Draußen dämmerte es bereits und die Dunkelheit wich einem fahlen Grau, in dem sich Baumstümpfe und Felsen wie drohenden Schatten ausnahmen.

Lange und konzentriert starrte er in das Halbdunkel, doch er konnte keine Bewegung wahrnehmen, kein Objekt auf dem gelichteten Anhang war ihm neu oder fremd. Er kannte sein Blockhaus und dessen Umgebung.

Vorsichtig schlich er zur nächsten Schießscharte und entfernte auch dort die Luke. Auch rechts der Hütte war nichts zu erspähen. Langsam, bedächtig und ohne Geräusche zu verursachen setzte er seinen Rundgang fort, bis er alle Schießscharten kontrolliert hatte. Das Resultat blieb unverändert: Nichts zu sehen.

Im Innern der Hütte herrschte gespenstische Stille. Unbewusst unterdrückte der Mann sogar seinen eigenen Atem, so als sei es ein Sakrileg, die völlige Lautlosigkeit zu stören. In seiner Rechten hielt er nun das Trommelgewehr von Colt, sein Daumen umfasste den Hahn, bereit, eine Salve auf jeden denkbaren Gegner abzugeben. Doch niemand war zu sehen, nichts durchbrach die unsichtbare Mauer tiefer Stille, die sich um das Blockhaus gelegt zu haben schien.

So wartete er gespannt noch eine ganze Weile, kontrollierte Schießscharte um Schießscharte, und als die Sonne schon aufging, er sich sicher war, dass kein morgendlicher Angriff erfolgen würde und seine Hände sich an Kaffeekanne und Blechtasse zu schaffen machten, da geschah es: Vor der Hütte vernahm er wilde Schreie, er rannte zur Schießscharte, ging in Anschlag und sah drei indianische Krieger, die auf Pferden und unter Kriegsgeschrei die Anhöhe hoch preschten, um kurz vor dem Blockhaus ihre Pferde zu wenden und wieder in den dunklen Wald zu galoppieren.

In dem Moment, als er sie davonreiten sah, über die Tatsache sinnierend, dass er nicht geschossen hatte um Pulver zu sparen, wurde ihm klar, dass er in ihre Falle getappt war.

Von nun an ging alles sehr schnell. Schon drang der beißende Rauch des Feuers zu ihm, er vernahm das Prasseln auf dem Dach und wusste, dass er augenblicklich handeln musste. Das Gewehr in der Hand, öffnete er die unter einem Wolfsfell verborgene Luke im Boden und kroch in den kühlen Keller, in dem er Lebensmittel und Schießpulver lagerte. Der Keller führte in einen niedrigen, stollenartigen Gang und im Dunkeln tastete er sich etwa zwanzig Yards durch die Dunkelheit, bis er eine weitere Luke über sich erreichte.

Vorsichtig öffnete er sie, stieß Erde, Grassoden und Schnee beiseite und steckte, vom Sonnenlicht geblendet, den Kopf aus der Öffnung. Ihm bot sich das Bild, das sich ihm bieten musste, das er förmlich erwartet hatte, als er den Rauch zuerst roch: Auf dem Flachdach der Blockhütte knieten zwei Krieger und wollten es entzünden, indem sie trockenes Gras und dürre Äste zur Hilfe nahmen. Dabei schienen sie sich in völliger Sicherheit zu wiegen, denn sie ließen sich mehr Zeit als nötig. An der Rückwand der Hütte kauerten zwei weitere Krieger, der eine mit Pfeil und Bogen, der andere mit einer mächtigen Kriegskeule bewaffnet.

Ihre List war gut, und sie hätte den Mann Kopf und Kragen gekostet, wäre da nicht jener Fluchtweg, den er gegraben hatte, sobald das Blockhaus errichtet war.

So tat er nun das, was zu tun war um seine Hütte und damit sein Leben zu retten: Er legte das Gewehr an, spannte den Hahn und jagte dem vorderen Feuerteufel eine .52er Kugel in den

Oberschenkel. Als dieser gellend zusammensackte und sich die Wunde hielt, hatte er bereits auf den zweiten Krieger angelegt. Just in dem Moment, in dem er die Kugel fliegen ließ, wandte sich dieser instinktsicher zur Seite, sodass das schwere Geschoss an ihm vorbeizischte.

Die Crow Krieger, die hinter der Hütte verharrt hatten, erspähten den Mann nun und handelten beide so, wie es ihre unterschiedlichen Waffengattungen verlangten: Der vordere Indianer spannte seinen Bogen und sandte, scheinbar ohne zu zielen, einen Pfeil in die Richtung des Mannes, der sein hirschledernes Hemd aufschlitzte, den Arm aber wie durch ein Wunder unverletzt ließ. Der andere Krieger aber sprintete unter wildem Geschrei und seine mächtige Kriegskeule schwingend auf den Mann zu. Dieser wollte gerade den Hahn der Colt Büchse spannen, doch ein Zündhütchen hatte sich verklemmt und die Waffe versagte. So schnell war der wütende, brüllende Krieger bei ihm, dass er noch nicht mal mehr nach den Colts greifen konnte, die durch Lederbänder in den Holstern gesichert waren. Stattdessen konnte er dem anstürmenden Indianer lediglich das Gewehr entgegen schleudern.

Dieser jedoch, offensichtlich ein Krieger durch und durch, machte sich nicht einmal die Mühe, der Waffe nennenswert auszuweichen, sondern nahm den Aufprall und die sofort blutende Lippe einfach hin, ohne mit der Wimper zu zucken.

Stattdessen holte er augenblicklich zum Gegenangriff aus und führte mit der Kriegskeule einen vernichtenden seitlichen Schlag, dem der Mann nur teilweise entgehen konnte, indem er im letzten Moment zurückwich. Nichtsdestotrotz traf ihn das mörderische Instrument aus Hartholz mit Wucht in die Seite und ließ ihn zusammenzucken und aufschreien, doch es blieb keine Zeit.

Mit weit aufgerissenen Augen und wutverzerrtem Gesicht drang der junge Krieger weiter auf ihn ein und holte zum nächsten Schlag aus.

In den folgenden Momenten war keine Bewegung des Mannes mehr an den Verstand gebunden, sondern alles lief instinktiv ab und bevor er überhaupt einen Gedanken hätte fassen können. Seine Rechte zog den Tomahawk hervor und mit seinem ganzen

Körper ging er dem nächsten Angriff entgegen, anstatt ihm auszuweichen: Der verdutzte Krieger konnte nur noch miterleben, wie die Linke des Weißen seine Kriegskeule mitten im Schlag packte und mit gewaltiger Kraft festhielt, während das scharfe Blatt des Tomahawks mit furchtbarer Gewalt in seine Schulter eindrang.

Mitten in der Bewegung gestoppt, reagierte der Krieger heftig auf diese Reaktion und wurde durch den brachialen Gegenangriff von den Füßen gerissen.

Stöhnend und der Besinnungslosigkeit nahe fand er sich auf dem kalten, schneebedeckten Boden wieder, während der weiße Mann nach seinen Colts griff und ein vernichtendes beidhändiges Feuer auf den Bogenschützen eröffnete. Dieser sackte, von mindestens drei Kugeln in Füßen und Beinen getroffen, zusammen und legte seinen Bogen ungläubig und in kapitulierender Geste zur Seite.

So schnell wie das Scharmützel begonnen hatte, war es auch wieder zu Ende und der weiße Mann, der die Indianer nur allzu gut kannte, kletterte auf die Hütte, trat das Feuer aus, wobei die verwundeten Krieger keinen Widerstand leisteten und trat dann einen geordneten Rückzug durch den Tunnel und in sein Blockhaus an.

Kaum hatte er seinen Unterschlupf erreicht, genehmigte der Mann sich erst einmal einen großen Schluck Whiskey. Erleichtert, dass er das harte Gefecht überlebt hatte, fiel für einen Moment die Anspannung von ihm ab und er fühlte sich kraftlos und müde. Er untersuchte seine Seite, doch außer schweren Blutergüssen schien er unverletzt, scheinbar war keine Rippe gebrochen. Anschließend widmete er sich der Pfeilverletzung an seinem Arm, doch diese heilte inzwischen sehr gut und benötigte immer weniger Aufmerksamkeit. Als die Wunden versorgt waren, sackte er noch einmal in den Stuhl zurück und kämpfte gegen das übermächtige Verlangen einzuschlafen.

Doch es gab keine Zeit zu verlieren, keinen Moment konnte er rasten. Nun, da die Indianer seinen Notausgang kannten, blieben ihm verschiedene Möglichkeiten: Er konnte entweder versuchen, die Luke im Innern der Hütte derart zu beschweren, dass sie sich von unten nur schwer öffnen ließ. Dies war allerdings keinesfalls eine Option, mit der er ruhig würde schlafen können, daher blieb nur eine letzte Möglichkeit: Er musste Schacht sprengen. Schießpulver hatte er in ausreichender Menge zur Verfügung und er war sicher, dass das lockere Erdreich, das mit den wenigen hölzernen Stützen abgesichert war, schnell nachgeben und der Tunnel in sich zusammenfallen würde.

Dies nahm dem Mann jedoch die letzte Rückzugsmöglichkeit und machte seine Hütte zur Alamo-Stellung. Gerade für ihn, der in Texas gekämpft hatte und nur durch einen Zufall nicht mit Bowie oder Crockett in die alte Mission eingezogen war, brachte jene Vorstellung sehr persönliche, schwer ertragbare Gedanken mit sich.

Kaum mehr als zehn Jahre war es her, als sich texanische Patrioten dem übermächtigen mexikanischen Diktator Santa Ana widersetzt hatten. Den Heerscharen der Mexikaner hatten die überwiegend amerikanischen Texaner nichts entgegenzusetzen außer ihrem verzweifelten, fanatischen Widerstand.

Dieser hatte eine kleine Abteilung von 135 Mann im Jahre 1836 in die Missionsstation von Alamo geführt, in der im Laufe der Jahrhunderte zahlreiche bedeutende Gefechte stattgefunden hatten. Doch Alamo war, trotz seiner starken Artillerie, kaum als Fort im militärischen Sinne zu bezeichnen: Es stellte im Wesentlichen eine zerstörte Kapelle und ein paar Ringmauern dar, wobei diese nur drei Seiten schützten. Die vierte, ungeschützte Seite stand jedem Angreifer offen und auch die provisorische Palisade, die von den Verteidigern errichtet wurde, machte Alamo nicht zu einer Festung.

Um die 5000 Mann hatten die Mission damals belagert und nach drei Tagen erbittertem, mit horrendem mexikanischem Blutzoll bezahltem Sturm wurden die letzten Texaner niedergemacht. Der Mann hatte einige Freunde gehabt, die in jener Schlacht ihr Leben ließen und er hatte Jim Bowie persönlich gekannt. Dieser war, allen Berichten zum Trotz, nicht nur ein wüster Messerkämpfer, sondern ein kultivierter, humorvoller und sehr feinsinniger Mensch mit einer Liebe zu Musik und

Literatur gewesen. In den Jahren vor Alamo hatten Bowie und der Mann eine enge Freundschaft gepflegt und der Tod des ersteren hatte letzteren sehr getroffen. Auch Davy Crockett, der als Abgeordneter kandidierte und, genau wie der Mann selbst, aus Tennessee kam, war ihm bekannt, auch wenn die beiden sich nie länger unterhalten hatten. Allerdings hatte er Crockett für seine Geradlinigkeit geschätzt und sein Tod war ein Verlust für jeden gewesen, der ihm einmal begegnet war.

Für einen Moment musste der Mann innehalten, als er an jene blutigen Tage zurückdachte und an die grausamen Kämpfe, die der Belagerung von Alamo folgen sollten. Als das Blutvergießen kumulierte, bis es vorbei war, und nachdem es auch sein Leben nahezu weggeschwemmt hatte, war er aus Texas fortgegangen, um schließlich in der Abgeschiedenheit der Berge Wyomings seine Ruhe zu finden.

Doch nun fand er sich in einem erneuten Gemetzel wieder und die Luft roch nach Blut und Pulverdampf. Für einige Jahre hatte er wahrhaft in der Vorstellung gelebt, es könne für den Rest seiner

Tage friedlich zugehen, doch es schien beinahe so, als stelle der bewaffnete Kampf um Leben und Tod sein unentrinnbares Schicksal dar.

Allerdings sollte das Ganze eine andere Wendung nehmen. Noch während er ein paar Ladungen präparierte und den Stollen zur Sprengung vorbereitete, hörte er draußen einen der Indianer in gebrochenem Englisch rufen. Nach wiederholtem Anrufen und nachdem er sich vergewissert hatte, dass es sich nicht um eine Falle handeln konnte, öffnete der Mann vorsichtig die Vordertür.

Draußen saßen drei der bisher unverletzt gebliebenen Krieger nebeneinander auf ihren Ponys und sahen ihn mit gleichmütigen Blicken an. Der von ihm aus gesehen rechte Krieger hatte ein weißes Stück Stoff an der Spitze seines Speeres befestigt; dies war das in der Welt der Weißen allgemein gültige Zeichen für einen Waffenstillstand und auch unter den Indianern wurde es für gewöhnlich respektiert.

Vorsichtig, den Karabiner lässig in der Rechten, schritt der Mann durch die Tür und auf die Krieger zu. Er glaubte nicht daran, dass sie ihm in dieser

Situation eine Falle stellen würden, denn dies wäre in den Augen eines jeden Indianers unehrenhaft.

Ein scharfer Blick zeigte ihm, dass es sich bei dem mittleren Krieger um den Anführer handeln musste, denn er verfügte über mehr Schmuck und bessere Waffen als die übrigen Indianer. Außerdem verrieten seine Körperhaltung und sein Blick einen Mann, der das Anführen gewohnt war.

Mit einer kaum merklichen, doch von den Indianern sofort registrierten Bewegung wechselte der Mann das Gewehr von der rechten in die linke Hand, um direkt im Anschluss die Rechte zum Gruß zu erheben. Auch die Indianer grüßten. Dann geschah für einen Moment nichts und beide Lager musterten einander.

Der Mann sah drei stolze Crow zu Pferd, die sich auf den Rücken der ungesattelten, unbeschlagenen Tiere hielten, als wären sie auf ihnen geboren worden. Der Mittlere, ihr Anführer, mochte Ende zwanzig sein. Körperlich war er jung, aber er hatte die Augen eines Mannes, der viel gesehen hat. Dies war niemand, mit dem man sich anlegte.

Alle drei Krieger hatten die sehnige Kraft von Männern, die ihr Leben draußen verbrachten und ihre Nahrungsmittel der Natur abringen mussten. Aufgrund der Kälte waren sie in kunstvoll verzierte Fellumhänge gewickelt und ihre dunklen Haare trugen sie lang und offen. Ihre Waffen, und das beruhigte den weißen Mann ein wenig, waren die traditionellen Waffen der Indianer. Scheinbar verfügte dieser Trupp über keine Feuerwaffen, eine Tatsache, die die Chancen des Mannes deutlich erhöhte.

Die Indianer wiederum sahen einen Mann vor sich, den der Kampf und das Leben in der Wildnis geformt hatten. Er war groß und kräftig gebaut und selbst durch die wildledernen Gewänder zeichneten sich die Muskeln ab. Sein dunkles Haar trug er lang und offen und ein gestutzter Vollbart umrahmte ein ausgezehrtes Gesicht mit hoher Stirn, tiefliegenden Augen und gebrochener, zerschlagener Nase. Der Blick des Mannes hielt den Indianern stand, mehr noch, diese blauen, unerbittlichen Augen verrieten Unnachgiebigkeit und schienen bis auf den Grund zu forschen.

Lässig stand er da, blickte herausfordernd trotz seiner schweren Bewaffnung und der Verletzungen, so als warte er nur auf den Fortgang des Gefechts. Doch dies war nur eine Fassade und nichts wünschte sich der Mann sehnlicher, als dass die Indianer die Kampfhandlungen einstellen würden.

Allerdings, das war ihm bewusst, kam es zunächst darauf an, die Indianer zu täuschen und ihnen seinen Kampfeswillen zu demonstrieren. Daher musterte er seine Gegner kühl und wartete er in aller Ruhe ab, bis ihr Anführer das Wort ergriff.

Dieser hatte eine ruhige, tiefe Stimme und den gleichmäßigen Tonfall eines Mannes, der bereits in zahlreichen Gefechten seine Nerven bewiesen hatte. In knappen, doch höflichen Worten erzählte er vom Aufeinandertreffen ihres Trupps mit dem weißen Mann, den er als den Wolf bezeichnete. Dabei sprach er von allen Beteiligten stets in der dritten Person und erzählte so, als ob sich das Geschehene vor vielen Jahren ereignet hätte.

Der Mann kannte diese Art der indianischen Erzählweise und ließ sich von den blumigen Worten und den Komplimenten, die der Crow ihm machte,

nicht blenden. Er wusste genau, eine Unaufmerk-
samkeit, ein Zeichen der Schwäche seinerseits
konnten noch immer dazu führen, dass die Situation erneut eskalierte. Deswegen blieb er nach außen hin so gleichmüßig wie er konnte, obwohl es
innerlich in ihm brodelte. Obwohl seine Körperhaltung locker war, stand jeder einzelne Muskel
bereit und einem Raubtier gleich wartete der Mann
geduldig.

Zunächst stellte sich der Anführer der Crow in gebrochenem Englisch als Pantherklaue vor und er-
wähnte in einem Nebensatz, dass er im Augenblick
die Stellung eines Kriegshäuptlings innehabe.

Der Häuptling berichtete, dass es sich bei ihrer
Gruppe um einen Kriegstrupp handle und dass sie
auf der Suche nach einer großen Gruppe Weißer
seien, die vor drei Tagen ihr Dorf überfallen und
Frauen und Kinder getötet hätten. Diese seien zu
jenem Zeitpunkt fast völlig schutzlos gewesen, da
sich Pantherklaue mit den meisten jungen Männern auf der Jagd befunden habe.

Erst nach erbittertem Kampf und vielen Todesop-
fern auf Seiten der Crow hätten sich die weißen

Männer zurückgezogen. Der Angriff sei völlig überraschend für die Crow gekommen und ein Grund dafür habe sich bisher nicht finden lassen. Daher sei Pantherklaue mit seinen besten Männern ausgerückt, um die Spur der Weißen zu verfolgen und Informationen über sie zu erlangen.

Zunächst glaubte der Mann, seinen Ohren nicht zu trauen, denn außer ihm selbst hatte er von Weißen in dieser einsamen Gegend keine Kenntnis.

Zunächst war er skeptisch, ob die Geschichte stimmte, doch die Augen von Pantherklaue waren nicht die Augen eines Lügners, sondern eines ehrenwerten Mannes. Also beschloss der Mann, ihm zu glauben. Aus diesem Grunde stellte er sich mit Ronan Blake, seinem wahren Namen vor, als der Indianer mit seiner Rede geendet hatte. Er sagte den Indianern, dass er seit über zwei Jahren in den Bergen lebe, dass er Frieden mit den Shoshonen halte, nur für seinen Eigenbedarf jage und dass ihm in der Gegend schon lange kein Weißer mehr begegnet sei.

Die Indianer hörten ihm gespannt zu, und als er geendet hatte, starrte Pantherklaue für eine Weile nachdenklich ins Leere, dann sah er Ronan Blake unverwandt an und sagte ihm, dass er ihm glaube. In diesem Moment fiel Blake ein Stein vom Herzen und er wusste, dass der Kampf zu Ende war.

Nun galt es, die Wege der Diplomatie zu benutzen. Aus Höflichkeit lud er die Indianer zum Essen in seine Hütte ein, doch er wusste, dass sie der Einladung nicht Folge leisten würden. Stattdessen baten sie ihn um freies Geleit, was er ihnen ohne zu zögern gewährte. Außerdem bot ihnen Blake ein paar Verbände und etwas Alkohol für die Versorgung der sechs Verwundeten an. Indem er die Zahl nannte, entsprach er einerseits der indianischen Vorstellung, dass viele Coups, also viele Feindkontakte im Gefecht gleichzeitig viel Ehre bedeuteten, andererseits hoffte er innerlich, dass tatsächlich alle der sechs ihre mitunter schweren Verletzungen überlebt hatten.

Doch dem schien so zu sein, denn Pantherklaue schien einen Moment zu zögern, dann akzeptierte er das Angebot und Blake holte die angebotenen Waren aus der Hütte. Inzwischen war er völlig unbesorgt, dass die Crow ihn erneut attackieren würden, denn ein Ehrenmann wie Pantherklaue würde dies niemals zulassen. Als die Crow ihre Verwundeten auf schnell zusammengebastelte, von den Pferden zu ziehende Tragen geladen hatten, machten sie sich sofort zum Abzug bereit.

Blake ging noch ein paar Schritte auf Pantherklaue zu, welcher ihn musterte, als habe er ihn zum ersten Male im Leben gesehen.

„Großer Krieger, Ronan Blake", sagte Pantherklaue in gebrochenem Englisch.

„Unterschätze niemals deinen Feind...", entgegnete Blake lakonisch und sprach dem Indianer ebenfalls einige ernstgemeinte Komplimente aus. Dann fragte er Pantherklaue, was die Crow nun zu tun gedachten.

Dieser unterrichte Blake, dass der Trupp zunächst ins Dorf zurückkehren und sich dort mit einer größeren von der Jagd heimkehrenden Truppe vereinigen werde, um die weißen Männer zu jagen.

„Aber hoffentlich nicht mich?", fragte Blake mit einem Grinsen, und Pantherklaue verneinte dies und versprach ihm darüber hinaus, dass er immer im Dorf der Crow willkommen sei, solange er lebe.

Ronan Blake wusste, dass dies keine leeren Worte waren und sagte, dass er sich dadurch sehr geehrt fühlte und dass er dieser Einladung gerne nachkommen würde. Schließlich seien Freundschaft und Handel mit einem mächtigen Volk wie den Crow ein großes Geschenk. Pantherklaue nickte wissend und es waren die Augen von Kriegern, die einander noch einmal begegneten, Augen von Männern, die wussten, was es hieß, zu töten, und die einem einstigen Gegner ohne Groll begegnen konnten.

Dann wandte der Kriegshäuptling sein Pferd und innerhalb kürzester Zeit war der ganze Trupp in den Tiefen des verschneiten Waldes verschwunden, so als sei er nur eine Illusion gewesen.

Ronan Blake blieb noch eine Weile draußen stehen und sah gedankenverloren in die Richtung, in der die Indianer verschwunden waren, dann drehte er sich um und ging in die Blockhütte zurück.

Viertes Kapitel

Nachdem die Indianer einige Zeit verschwunden waren, Ronan Blake erneut seine Wunden versorgt und sich zwei mächtige Hirschsteaks gebraten hatte, griff er zur Whiskeyflasche und schenkte sich großzügig ein.

Dass er diese Begegnung überlebt hatte, das war ihm völlig klar, war mehr als nur großes Glück gewesen. Die Karten hatten schlecht für ihn gestanden, doch er hatte seine Lage zum Guten wenden können, so wie es ihm schon häufig in seinem Leben gelungen war. Doch woran lag das wirklich, dass er so viele furchtbare Kämpfe überlebt hatte, während andere auf der Strecke geblieben waren? Wer war dafür verantwortlich, wer hatte die Fäden in der Hand? Oder war all dies lediglich Zufall?

Er hatte keine Antwort und starrte versonnen in seinen leeren Trinkbecher. Als er ihn erneut füllte und dann wieder trank, glitten seine Gedanken erneut ab in eine Zeit, die er zu vergessen versucht hatte.

Er dachte an seine Jugendjahre, die Zeit bei der Truppe und den Texas Rangers, die Mädchen, die er geliebt, die Nächte die er durchzecht und in denen er sich gerauft hatte und die ersten Kämpfe mit der mexikanischen Armee. Wieder einmal kehrten seine Gedanken zu den blutigen Gefechten zurück, die auf die Belagerung von Alamo gefolgt waren, und obwohl er sich regelmäßig zwang, obwohl er alles tat, um zu vergessen, sah er die Bilder immer wieder vor Augen.

Bilder von brennenden Soldaten, die schreiend aus dem Wohnhaus einer Hazienda liefen, die Blake und seine Männer angezündet hatten, und die Sekunden, bevor sie das Feuer auf die lebenden Fackeln eröffnet hatten. Den Geruch des brennenden Menschenfleisches konnte er nicht loswerden, egal was er tat und wie weit er auch fortging. So trank er wieder einmal mehr, so viel, dass er irgendwann in der Nacht mit dem Gesicht auf dem Tisch einschlief.

Als Ronan Blake am nächsten Morgen erwachte, überwältigten ihn die Schmerzen seiner Wunden sowie seines Kopfes beinahe. Um einen klaren

Kopf zu bekommen, schnappte er sich das Trommelgewehr und ging hinaus vor das Blockhaus. Draußen war es kalt und es hatte erneut zu schneien begonnen. Ein leichter Wind ließ die Wipfel der Bäume wiegen und die Luft war klar und rein.

Er atmete tief ein und schritt das Gelände um das Blockhaus ab. Von den Ereignissen des Vortages war keine Spur zu sehen, du für einen Moment erschien es, als habe er alles nur geträumt.

Wie alle Kämpfe in seinem Leben war auch der letzte rauschhaft gewesen; schnell, grausam, paradoxerweise belebend und ebenso schnell wieder vorüber. Das Kämpfen hatte in Blakes Leben schon immer eine zentrale Rolle gespielt; bereits als Junge hatte er mit seinen Spielkameraden gerauft, dann war er immer häufiger in Schlägereien geraten.

Im Zuge dessen hatte er begonnen, bei Joe Johnson, einem alten Sklaven und ehemaligen Preisboxer, Unterricht im Faustkampf zu nehmen. Aus den qualvollen Übungsstunden wurde bald eine Leidenschaft, und mit neunzehn Jahren bestritt

Blake selbst einige Kämpfe mit bloßer Faust, so wie sie im Süden beliebt waren. Doch bereits wenige Kämpfe hatten das offenbart, was Blake bereits im Innern gespürt hatte: Er war kein fairer Wettkämpfer, sondern ein Mann, der, wenn er in Streit geriet, zu zügelloser Gewalt neigte und dessen Blut man besser gar nicht zum Kochen brachte. An sich ein friedfertiger Mensch, so besaß er die Eigenschaft, dass er im Zorn zu allem fähig war und dass ihn nichts auf der Welt stoppen konnte, wenn er selbigen verspürte. Die Einberufung zur Armee mit einundzwanzig Jahren hatte jedoch dennoch nichts Folgerichtiges gehabt, denn Ronan Blake hatte bereits mit der Erkenntnis seines Temperaments der Gewalt abgeschworen.

Allerdings hatten seine Stellung als junger Mann aus guter Plantagenbesitzerfamilie und sein persönlicher Stolz nicht zugelassen, dass er Texas den Mexikanern überlassen hätte. Daher war er bald Seite an Seite mit anderen Milizionären losgeritten, um sich einem ruchlosen Diktator entgegen zu stellen.

Allerdings hatte er erkennen müssen, dass er und die Männer, mit denen er kämpfte, nicht minder ruchlos gegenüber Besiegten gewesen waren, und der Krieg hatte ihn angewidert. Er hatte eine Seite an ihm weiter zum Vorschein gebracht, die Ronan Blake am liebsten für immer zurückgelassen hätte. Auch jetzt, nachdem er sich die Verletzten des gestrigen Tages vor Augen geführt hatte, wurde ihm beinahe übel und er verfluchte das Schicksal dafür, dass es ihn erneut in eine derartige Lage gebracht hatte.

Doch ein ausgiebiger Gang durch sein angestammtes Jagdrevier brachte ihn wieder zu sich selbst zurück und er akzeptierte den Gedanken, dass es sich bei dem gestrigen Gefecht um die Verkettung unglücklicher Zufälle gehandelt hatte, dass er aber aus der Sache äußerst glücklich hinaus gekommen war und sie möglicherweise sogar ihre guten Seiten haben konnte.

Schließlich hatte er einen Pakt mit einem mächtigen Kriegshäuptling der Crow geschlossen, und dies war Pantherklaue ohne jeden Zweifel. Die Feinde der Shoshonen mussten nicht unweigerlich bis auf den jüngsten Tag seine eigenen Feinde bleiben, und der Gedanke, ein ihm neues Volk kennen zu lernen und damit die Eintönigkeit seiner Tage in der Wildnis aufzulockern, beflügelte Ronan Blake nahezu.

Er schritt einen steilen Hügel hinan und erreichte ein ihm wohlbekanntes Hochplateau. Am Fuße einer mächtigen Douglasie hielt er inne und blickte über die verschneite Landschaft: Wild und schroff, doch von unvergleichlicher Schönheit war das Land: Bergig und schwer begehbar, dicht bewaldet von Nadel-und Laubbäumen und von einzelnen Felsen durchsäht bot es ihm den Anblick, der ihm absolute innere Ruhe ermöglichte.

Hier lebte er als ein Teil der Natur, nahm nur das was er brauchte und schadete nichts und niemand. Hier konnte er in Stille und Abgeschiedenheit für die Sünden seiner Vergangenheit büßen. Er atmete tief ein und beobachtete die einzelnen treibenden Schneeflocken und ein Rudel Hirsche in weiter Ferne. Dann setzte er in aller Ruhe seine Pfeife in Brand.

Einige Zeit später kehrte er zur Hütte zurück, bereitete sich ein kräftiges Mittagessen und hatte sein inneres Gleichgewicht wiedergefunden. Es war in den letzten Tagen deutlich wärmer geworden, die Sonne schien mit neuer Kraft und der meiste Schnee um die Hütte herum war bereits geschmolzen. Der Frühling kam mit Macht.

Nach einem kurzen Mittagsschlaf machte Blake sich im Verlaufe des Nachmittags daran, das Wildbret des vor zwei Tagen erlegten und zerteilten Hirsches in kleine Stücke zu zerschneiden und zu räuchern. Eigentlich wäre es besser gewesen, er hätte dies bereits früher getan, doch der Zusammenstoß mit den Indianern hatte ihm keine Wahl gelassen. Nun musste er das bereits gefrorene Fleisch aus dem Cache in den Bäumen herunterhieven, mühselig auftauen und mithilfe eines Feuers in einer winzigen Erdhütte, die er im Vorjahr extra zu diesem Zweck errichtet hatte, aufhängen und räuchern.

Dazu zerschnitt er das inzwischen weiche Fleisch noch einmal in so dünne Scheiben wie möglich und hängte es auf im Innern der Hütte gespannte

Leinen. Etwas Salz, mit dem er das Fleisch einrieb, diente zusätzlich der Konservierung.

Es war eine langwierige, doch eine durchaus meditative Arbeit, bei der sich Blake geistig von den Ereignissen des Vortages distanzieren konnte. Derartige Tätigkeiten hatten ihm stets geholfen, wenn ihn das Erlebte zu verfolgen begann und das Leben inmitten der Natur erweis sich auch diesmal wieder als eine Kur für seine gequälte Seele.

In der warmen Jahreszeit pflegte Blake mehrere von ihm angelegte Beete, in denen er Gemüse und Kräuter anbaute. Diese ergänzten seine Vorräte im Winter, und falls ihm etwas fehlte, so tauschte er es im Handelsposten gegen Felle ein. Inzwischen hatte er nicht unbeträchtliche Vorräte an Konserven angesammelt, die seine Rückversicherung bildeten, falls der Winter ihn einmal über längere Zeit an die Hütte fesseln sollte. Denn in der kalten Jahreszeit an Frischfleisch zu kommen, das hatte sich nun wieder erwiesen, war eine überaus harte und mühselige Tätigkeit, die häufig nicht von Jagdglück gekrönt war.

Inmitten seiner Arbeit hielt Blake einen Moment inne, verließ die Räucherhütte und ließ den Blick über das weite, von dichtem Nadelwald bestandenen Tal und die umliegenden schneebedeckten Gipfel schweifen. In all seiner Unerbittlichkeit war dieser Landstrich der schönste Ort auf der Erde, dachte Blake, und sog die kalte Luft in die Nase ein. Ein Mann konnte hier draußen glücklich werden, und er brauchte dafür nicht mehr als die Natur ihm geben konnte. Irgendwann, so beschloss Ronan Blake, wäre es an der Zeit, eine Frau zu nehmen und eine Familie zu gründen. Und dann würde er seine Kinder inmitten dieser Idylle aufziehen. Doch bis dahin musste noch etwas Zeit vergehen, in der er die Schatten der Vergangenheit loswerden konnte.

Fünftes Kapitel

„Es ist ein raues und unwirtliches Land", sagte Colonel Douglas Burnaby und zog genüsslich an seiner weißen Meerschaumpfeife. Er blies den Rauch aus, schloss die Augen und fuhr säuselnd fort: „Sehen Sie, dies ist eigentlich kein Land für einen weißen Mann. Es gibt hier keinerlei Zivilisation und wird nie welche geben, es sei denn, wir sorgen dafür. Sonst bleibt es immer nur ein Land für stinkende Wilde." Sein Lächeln offenbarte makellos weiße Zähne unter dem perfekt gestutzten und gewachsten Schnurrbart, und jeder konnte schnell erkennen, dass Burnaby eitel war.

Bei seinen Ausführungen hielt er die Augen meist geschlossen, ein Umstand, der einem Mann wie Ronan Blake zuwider war. Wenn er sein Gegenüber allerdings ansah, so geschah dies mit einer solchen Eindringlichkeit seiner braunen Augen, dass Blake sehr schnell begriff, welche Energie und welcher Ehrgeiz in dem adretten Perückenträger steckten.

Die blaue Reiteruniform mit den goldenen Knöpfen und den Epauletten, die hellen Hosen und die glänzenden kniehohen Reiterstiefel gaben ihm etwas Militärisches, obwohl Blake spürte, dass er keinen Mann der Armee vor sich hatte.

Dieser Kerl war durch und durch Privatier, ein Geschäftsmann, der nur an Materiellem interessiert war. Nichts an ihm verriet eine militärische Laufbahn, schon gar nicht sein für die Entfernung zur Zivilisation tadelloses Äußeres. Wie auch immer, dachte Blake, nun musste er sich mit diesem Mann auseinandersetzen, der quasi ohne Vorwarnung vor seiner Hütte gestanden hatte und mit dem er nun im Stehen ein Palaver abhalten musste. Allerdings ging es Blake gar nicht gut und er hatte regelrecht Mühe, sich von seiner Schwäche nichts anmerken zu lassen.

Vielleicht eine Woche war seit Blakes Konfrontation mit den Crow vergangen, und bereits kurz nachdem er das Fleisch haltbar gemacht hatte, war ihm schwindlig geworden und er hatte das Fieber gespürt. Die Wunde in seinem Unterarm hatte sich wider Erwarten doch entzündet und nur um ein

Haar war er dem Tod entronnen. Das Fieber hatte lange angedauert, es war ihm unmöglich zu sagen, wie lange, und danach fühlte er sich wie so schwach und entkräftet wie noch nie zuvor. Gerade, als er sich wieder aus dem Bett aufzurichten vermochte und die ersten kurzen Gänge vor die Hütte wagte, war Burnaby mit seinen Männern aufgetaucht.

„Manifest Destiny, Sie wissen, wovon ich spreche?"

„Ich habe von dieser politischen Linie nie viel…"

„Jedem Amerikaner steht es frei, sein Glück im Grenzland des Westens zu machen.", unterbrach ihn Burnaby.

„Und genau deshalb sind wir hier. Wir leben dieses Amerika.", fuhr er fort und deutete mit der Linken lustlos auf die Gruppe seiner Männer, die noch immer reglos in den Sätteln verharrten. Innerlich verfluchte sich Blake dafür, dass er eine derart große Gruppe nicht früher hatte kommen hören, doch an diesem Morgen hatte ihn die Schwäche der gerade erst überwundenen Krankheit tiefer schlafen lassen als gewöhnlich.

77

Ohne länger hinzusehen, schätzte er die Größe der Gruppe auf neunzig bis hundert Reiter, und Blake hatte bereits in den ersten Momenten erkannt, dass es sich um den übelsten Abschaum handelte, den der Westen zu bieten hatte.

„Sehen Sie…“, fuhr Burnaby fort, „der Westen ist ein Ort für Abenteurer, Entdecker, für solche, die bereit sind, ihre eigene Sicherheit einzutauschen gegen die Ungewissheit und die Gefahr des Grenzlandes. Der Westen ist unbarmherzig und gnadenlos, er duldet keine Schwäche. Genauso wenig, wie die Gesellschaft dies tun sollte.“ Nun lächelte der Colonel wieder sein überlegenes Lächeln und zog an der exklusiven Pfeife.

„Diese Gentlemen und ich, wir sind, wie Sie erkennen können, alles andere als eine Jagdgesellschaft, sondern wir haben wichtige Geschäfte im Grenzland zu tätigen.“

„Was die Frage nach Ihrem Vorhaben aufwirft…“, bemerkte Ronan Blake und sah Burnaby durchdringend an.

„Ich stimme Ihnen nämlich in einer Hinsicht unumwunden zu: Es gibt hier draußen nichts.

Besonders nichts, das den Aufmarsch Ihrer…" – er zögerte und maß die Männer lange und verächtlich – „Jagdgesellschaft rechtfertigen würde."

Daraufhin stieg einer der Männer aus dem Sattel, und während das Sattelleder knarrte und die Stiefel des Mannes mit dumpfem Geräusch den verschneiten Boden berührten, spürte Blake bereits das Bevorstehende. Scheinbar ungerührt sah er Burnaby weiter in die Augen, doch dieser wandte sich halb um und raunte: „Sachte, Jackson."

Doch Jackson ging bedächtig auf Blake zu, und als Burnaby einen halben Schritt zur Seite tat, um ihm Platz zu machen, baute er sich vor dem Fährtensucher auf.

Jackson maß sechs Fuß und drei Zoll und wog zweihundertsechzig Pfund, doch das Wenigste davon war Fett. Sein von einem schwarzen Vollbart umrahmtes Gesicht wies zahlreiche Narben auf, und die meisten schienen von einem Messer zu stammen. Seine Augen lagen tief in den Höhlen und sie zeigten den selbstsicheren Ausdruck des körperlich stets überlegenen Schlägers, der noch nie auf ernsthaften Widerstand getroffen war.

„Was halten Sie von Manifest Destiny, Mister Jackson?" fragte Ronan Blake mit ruhiger Stimme und sah seinem ihn einen halben Kopf überragenden Gegenüber tief in die Augen. „Und wie stehen Sie zur Mexiko-Frage? Ich nehme an, Sie waren im Krieg? Oder sind diese Narben anderen Ursprungs?"

Jackson antwortete nicht, sondern lief, genau wie Blake es erwartet hatte, dunkelrot an und hatte Mühe, seinen Zorn zu unterdrücken. Doch Burnaby griff in das Geschehen ein, bevor sich die Situation weiter zuspitzen konnte.

„Mister Blake…", setzte er ein, riss ein Streichholz an und entzündete die ausgegangene Pfeife von neuem. „Was Ihre Frage angeht, so verstehe ich sie durchaus, und ich verspreche Ihnen, Sie werden eine Antwort erhalten. Zunächst jedoch – und dies müssen Sie mir gestatten – wüssten wir, die wir von weither kommen, allzu gerne, bei wem wir zu Gast sind."

Innerlich applaudierte Blake dem Colonel zu diesem Schachzug, doch er hatte ihn vorausgesehen und beschloss nun, die Etikette fallen zu lassen und auf Konfrontation zu setzen.

„Ich fürchte, hier liegt ein Missverständnis vor, Mister Burnaby", sagte Blake, den ominösen Rang seines Gegenübers bewusst ignorierend.

„Sie und Ihre Männer sind bei mir nicht zu Gast. Sie sind es heute nicht und werden es auch niemals sein." Eine atemlose Stille trat für einen Moment ein, und außer dem Schnauben des einen oder anderen Pferdes und dem Knarren von Leder war nichts zu vernehmen.

Dann rührte sich Jackson. Seine Bewegung war schnell für einen derart schweren Mann, doch Ronan Blake machte einen Schritt nach vorne und schlug dem Hünen mit unbeschreiblicher Blitzartigkeit und Gewalt zwischen die Beine. Mit einem seltsamen Stöhnen entwich die Luft aus Jacksons Lungen, und mit tränenden Augen sackte er nach vorne und fiel in den Schnee.

Noch während einige der Männer zu ihren Waffen griffen, hatte Ronan Blake gezogen und hielt zwei Walker Colts in den Händen. Die langen Läufe der schweren Waffen zielten genau auf Burnabys

Brust, Blake atmete ruhig und seine Augen zeigten Eiseskälte.

„Ganz ruhig, Gentlemen!", beeilte sich Burnaby zu den Männern zu sagen, die bereits in ihren Bewegungen inne gehalten hatten. „Hier muss niemand verletzt werden. Mister Blake hier ist nur ein klein wenig nervös."

Laut knackten die Hähne der Walkers und Burnaby zuckte unwillkürlich zusammen. Ein Lächeln umspielte Blakes Lippen, doch seine Augen blieben kalt. „Nervös ist hier jemand anders. Ich bin den Tod gewöhnt und er schreckt mich schon lange nicht mehr." Er sah von einem Mann zum anderen, dann fixierte er wieder Burnaby.

„Colonel, Ihre Männer hier können mich erledigen, und das mit Leichtigkeit. Doch bevor sie das tun, werde ich meine beiden Colts in Ihren Torso entleert haben."

Burnaby sah Blake noch einmal tief in die Augen, so wie es ein Pokerspieler tut, der bei seines Gegenübers Bluff enttarnen will, doch er musste erkennen, dass Ronan Blake nicht bluffte. Alles, was er in den Augen des anderen sah, war der Tod.

„Nun spielen wir nach meinen Regeln.", sagte der Waldläufer. „Sie werden mir sagen, was Sie hier zu suchen haben. Danach werden Sie und Ihre Männer einen geordneten Rückzug antreten. Und bitte beeilen Sie sich, denn meine Finger werden in dieser Kälte schnell steif."

Colonel Douglas Burnabys Augen sprühten vor Zorn, und für einen Moment konnte jeder sehen, dass er äußerste Mühe hatte, sein an Siege und Erfolge gewöhntes Inneres zu beruhigen und seine Fassung wieder zu erlangen. Doch dann war er wieder ganz der Alte: beherrscht, überlegt, von beinahe schon übermäßiger Höflichkeit:

„Verehrter Mister Blake, ich gebe zu, dass Sie im Augenblick über das bessere Blatt verfügen. Doch täuschen Sie sich nicht, Sie sind nur ein einzelner Mann gegen eine Gruppe von neunzig."

„Ihnen als einem Gentleman von humanistischer Bildung dürfte doch die Schlacht bei den Thermophylen ein Begriff sein.", konterte Blake. „Eine kleine Gruppe von Griechen hielt ein riesiges persisches Heer auf." Er sah auf die Reiter. „Und fügte diesem vernichtende Verluste zu." Einige der Männer regten sich unbehaglich in den Sätteln. „Und Ihnen sollte doch unsere jüngste Geschichte vor Augen sein. Das Massaker von Alamo…eine kleine Gruppe von Texanern eingeschlossen in einer aussichtslosen Lage." Burnabys süffisantes Lächeln erfror, als er sah, wie sich Blakes Gesichtszüge verhärteten und er die Arme durchstreckte und die Colts auf sein Gesicht zielten. Das eisige Schweigen Blakes und dessen unmissverständliche Drohung veranlassten ihn dazu, erneut das Wort zu ergreifen.

„Nun gut, Mister Blake, zumindest den ersten Teil Ihrer Forderung will ich Ihnen gerne erfüllen. Wir sind aus folgendem Grunde hier: In einem der seit kurzem aus dem Boden geschossenen Städtchen an der Grenze traf ich vor einiger Zeit einen Mann. Er war ein abgerissener alter Satteltramp, ein Säufer, kurz gesagt, ein Kerl, mit dem ich mich normalerweise kaum abgeben würde. Aber er bat mich im Saloon um einen Drink, ich spendierte ihm einen und im Gegenzug erzählte er mir eine Geschichte. Im Vorjahr war er, ganz alleine, nur mit einem Gewehr und einer Goldwaschpfanne ausgerüstet, in diese Berge gekommen und hatte sein Glück an einigen Flüssen und Bächen der Umgebung versucht. Es war vergebens gewesen, bis er eines Tages in ein geschütztes Tal kam, das von hohen Bergketten umringt war und das kaum erreichen konnte, wenn man dessen Position nicht genau kannte oder eben durch Zufall hineingelangte wie unser Goldsucher.

In diesem Tal also entdeckte er eines Morgens eine Goldader in einem kleinen Fluss. Die Vorkommen waren enorm und die Nuggets so groß wie Hühnereier. Den ganzen Spätsommer war er damit beschäftigt, den Sand des Flusses zu durchsieben und nach mehr Gold zu suchen.

Dann, eines Tages, musste er mit Schrecken erkennen, dass eine große Gruppe Indianer von Norden her in das Tal wanderte und im Begriff war, ihr Winterlager in dem geschützten Tal aufzuschlagen. Dies hieß für den Mann, dass er sich zurückziehen musste und die Goldader bis zum nächsten Frühling sich selbst überlassen musste.

Ohne, dass ihn die Indianer bemerkten, gelangte ihm die Flucht aus dem Tal. Als er die Stadt erreicht hatte, gab er das Gold mit beiden Händen für Whiskey und Huren aus, doch er verriet niemand, woher das Gold stammte. Als der Winter vorüber und er sein Gold fast ausnahmslos verflüssigt hatte, war der Mann ein Wrack und er entschied sich, in das Tal zurückzukehren.

Als er die schützenden Bergketten erreicht hatte und einen Blick über den Gipfelgrat warf, musste er mit Schrecken erkennen, dass die Indianer noch immer da waren. Es handelte sich um Crow und sie hatten anscheinend erkannt, dass die Jagdgründe des einsamen Tals hervorragend waren und sich die Gegend auch zum Sommerlager eignete. Diese Erkenntnis deprimierte den Goldsucher und er kehrte in die Stadt zurück, wo er zum bettelnden Säufer verkam. Eines Tages jedoch wandte sich sein Glück noch einmal, und zwar dann, als er mich traf. Noch einmal spendierte ihm also jemand eine Nacht lang Drinks, doch dann, als er alles erzählt und die genaue geografische Position des

Tals verraten hatte, verließ ihn das Glück – diesmal für immer."

Als Burnaby endete, hatte er wieder das für ihn so typische überlegene Lächeln auf den Lippen.

„Und nun haben Sie in mir einen Mitwisser.", sagte Blake trocken, und fuhr fort: „Wenn ich an Ihrer Stelle wäre, würde ich mir mögliche Zeugen Ihres Vorhabens aus dem Weg räumen. Damit scheinen Sie ja keine Probleme zu haben."

„Zunächst einmal, Mister Blake, habe ich Ihnen doch noch gar nicht von dem Vorschlag berichtet, den wir den Wilden unterbreiten möchten."

„Sparen Sie sich das, Burnaby", knurrte Blake. „Ich kenne derartige Vorschläge nur zu gut und kann mir denken, wie er aussieht. Ein paar lumpige Gewehre, ein paar Spiegel, etwas poliertes Messing und einige Kisten Schnaps und die Crow überlassen Ihnen das Land. So ähnlich verhält es sich doch, oder? Ihre finstere Miene verrät mir, dass ich ins Schwarze getroffen habe. Und falls die Indianer sich weigern, beziehen ihre Männer Posten auf den Bergketten und eröffnen das Feuer. Ist es nicht so?"

Bevor Burnaby zu einer Antwort ansetzen konnte, fuhr Ronan Blake fort. „Ja, so war es geplant, doch alles kam ganz anders. Vor ein paar Tagen überquerten Sie die Bergkette und vor Ihnen lag das große Indianerdorf mit vielen Zelten. Allerdings war es von kaum jemand bevölkert außer von Frauen, Kindern und Alten. Also sparten Sie sich kurzerhand Ihre freundlichen Vorschläge und gingen zum zweiten Teil des Planes über. Sie metzelten so viele Frauen und Kinder nieder wie Sie konnten und setzten Zelte in Brand, doch dann kehrten ein paar kleinere Jagdtrupps mit jungen Männern zurück, lieferten Ihnen einen kurzen Kampf und Sie und Ihre einhundert Männer ergriffen die Flucht. Sie sehen, ich bin besser unterrichtet, als Sie denken, und ich erahne auch die Position der zehn weiteren, die sich von vier Seiten an meine Hütte herangeschlichen hat."

Colonel Burnaby war sprachlos. Sein Mund stand für einen Moment offen, doch dann hatte er sich wieder unter Kontrolle.

„Es sind keine Fragen mehr offen, außer einer, Colonel.", raunte Blake. „Was beabsichtigen Sie in meinem Falle zu tun? Denn nach Ihrem Rückzug vor den Indianern ritten Sie in diese Gegend, wo sie vermutlich die Spuren eines der Kriegstrupps entdeckten, der Sie und Ihre Gruppe aufspüren und aus dem Hinterhalt attackieren sollte. Oder aber Sie haben die Schüsse gehört, die fielen, als die Crow und ich zufälligerweise aneinandergerieten. Dann haben Sie gehofft, hier auf eine Gruppe von Pionieren oder Goldsuchern gestoßen, die Sie bei Ihrem ruchlosen Vorhaben unterstützen würde.

Doch Sie haben mich getroffen. Und ich glaube, Sie machen sich noch immer keine Vorstellung davon, mit wem Sie es zu tun haben. Ich gebe Ihnen einen guten Rat: Nehmen Sie Ihre Männer, reiten Sie, so schnell Sie können und lassen Sie dieses Land und seine Menschen in Frieden. Dann muss hier kein Blut fließen.‟

Sechstes Kapitel

Ronan Blake überlegte fieberhaft, wie Burnabys nächster Schachzug wohl ausfallen könnte, und es war ihm klar, dass dieser sich weder mit einer längeren Belagerung des Blockhauses aufhalten, noch einen wichtigen und hartnäckigen Zeugen am Leben lassen konnte.

Also würde er vermutlich das tun, was seinem Naturell entsprach: das Risiko minimieren. Dazu würde er mit seinen neunzig Mann weiterreiten und exakt die zehn zurücklassen, die sich bereits im Wald um die Hütte positioniert hatten. Auch ohne weitere Anweisungen seinerseits würden sie wissen, was zu tun wäre, denn sie hatten das Gespräch sicherlich mit angehört. Dass es nun genau zehn waren, hatte Blake gemutmaßt, aber es passte zu einem Mann wie Burnaby, der exakt einhundert Gesetzlose für eine derartige Aufgabe anheuern würde.

Blake atmete kurz durch und schätzte seine Lage ein: Er war durch das vor kurzem überstandene Fieber noch immer leicht geschwächt, doch er fühlte sich gut und imstande, ein Feuergefecht zu führen. Über Pulver verfügte er in großen Mengen, und all seine Waffen waren seit der Konfrontation mit den Crow geladen. Fleisch und Wasser hatte er ebenfalls im Überfluss, sodass er im Zweifelsfall sogar einer längeren Belagerung standhalten konnte.

Nachdem er es bei Burnabys Ankunft lediglich geschafft hatte, die Walkers umzuschnallen und ein Leinenhemd und eine Felljacke überzustreifen, kleidete er sich nun um und legte seine Jagdgarnitur an: einen hirschledernen Jagdrock mit Fransen, Hosen aus demselben Material, Gamaschen aus Fell und Mokassins aus Büffelleder. Dann wählte er seine Ausrüstung: Wieder schnallte er sich die Walkers um, dazu verfügte er über ein paar Reservetrommeln. In den Waffengürtel steckte er außerdem einen kurzen, massiven Tomahawk von klassischer Form und mit einem Hammerkopf und ein mächtiges Bowiemesser mit Hirschhorngriff und zehn Zoll langer Klinge. Außerdem hängte er ein Pulverhorn für die .45er Kentucky Rifle um und steckte Kugeln, Schusspflaster und Zündhütchen ein. Zum Schluss setzte er eine Trappermütze aus Waschbärfell auf, denn die Temperaturen waren noch immer recht winterlich.

So ausgerüstet, spähte er zunächst durch alle Schießscharten, konnte aber zunächst nichts entdecken. Draußen war es still, die Reiter waren abgezogen und hatten nichts als zertrampelten Schnee und Pferdedung hinterlassen. Ein Rabe krächzte.

Dann jedoch, bei sehr scharfem Hinsehen, nahm Ronan Blake mit dem Auge eines Jägers etwas wahr, das den meisten verborgen geblieben wäre: Hinter einer Douglasie, etwa achtzig Yards von der Hütte entfernt, konnte er kleine Wölkchen kondensierter Luft sehen. Kein Zweifel, es war der Atem eines Mannes, der sich im Schatten des Baumes verborgen hielt.

Ronan Blake wusste, was das bedeutete: Burnaby hatte den Schachzug gemacht, den der Trapper als wahrscheinlich kalkuliert hatte: Er hatte eine Abordnung zurückgelassen, um Blake zu gegebenem Zeitpunkt den Garaus zu machen.

Nun gab es einige sehr konkrete Regeln, was das Leben an der Grenze anging: man schlich sich niemals, und das ausnahmslos, an das Blockhaus von jemand anders heran, es sei denn, man kam in feindlicher Absicht. War dies nicht der Fall, so rief man die sich im Innern der Hütte befindlichen Personen schon von Weitem an, um zu vermeiden, dass diese das Feuer eröffneten. Im Falle desjenigen, der sich hinter der Douglasie verbarg, konnte es also nur eine Möglichkeit geben: er wartete darauf, dass sich Blake aus der Hütte wagte, um ihn aus dem Hinterhalt abzuknallen.

Blake reagierte sofort: Er legte dic Kentucky Rifle an, nahm ganz kurz Ziel und feuerte eine Kugel auf den Stamm der Douglasie ab. Selbst auf die Entfernung konnte er erkennen, dass die Kugel in den Baum einschlug und Holzstücke, Schnee und Eis in weiter Fontäne aufspritzten.

Mit einem Male war auch der Atem des Mannes verschwunden, doch kaum eine halbe Minute krachten bereits mehrere Gewehre und Kugeln schlugen in das massive Holz des Blockhauses ein. Sofern nicht eine zufällig verirrte Kugel ihren Weg durch eine der schmalen Schießscharten ins Innere der Hütte fand, war Blake hier absolut sicher, von der Brandgefahr einmal abgesehen. Also wartete er einen Moment ab, spähte dann durch eine der Scharten nach draußen und wartete auf einen Fehler seiner Gegner. Er musste nicht lange warten.

Einer der Angreifer hatte sich zu weit aus der Deckung eines Felsblocks gewagt, und Ronan Blake schoss ihm mit der .45er durch die Schulter. Vor Schmerzen brüllend klappte der Getroffene zusammen. Dann ergoss sich ein Chor von Flüchen über Blake und alles sich im Innern der Hütte befindliche Leben. Blake musste unwillkürlich grinsen und lud die Kentucky nach, dann wechselte er zu einer Schießscharte im hinteren Bereich des Blockhauses.

Zunächst war nichts zu sehen und es schien beinahe, als seien seine Gegner vorsichtiger geworden, doch ihre Überzeugung, es in Form eines einzelnen Mannes mit einem weit unterlegen Feind zu tun zu haben, veranlasste sie immer wieder zu Fehlern. So war einer der Männer tiefer in den Wald gelaufen und hatte gerade sein Packpferd erreicht, um aus dessen Satteltaschen eine Flasche Whiskey zu holen, als ihn Blakes Kentucky Rifle des rechten Ohres beraubte. Mehr vor Schock und Wut, als vor Schmerz brüllend, hielt sich der Mann die blutende Verletzung, dann zog er einen Patterson Colt und feuerte eine unkontrollierte Salve in Richtung der Hütte.

Blake hatte indessen zur Hawken Rifle gewechselt und jagte dem Angreifer eine schwere .54er durch das Knie. Dieser sackte lautlos zusammen und krümmte sich vor Schmerzen. Der Waldläufer wusste, dass die Moral seiner Gegner vorerst gebrochen sein würde, doch es war nur eine Frage der Zeit, bis sie zum nächsten Schlag ausholen und das Blockhaus anzünden würden.

Daher musste er auf der Stelle handeln. Sofort schnappte er sich das leichte Trommelgewehr und seine Nahkampfwaffen und kletterte über den Keller in den schmalen Gang, der die Hütte mit der Außenwelt verband. Im Innern des Notausgangs roch es nach Erdreich und es war stockfinster, doch Blake kannte den Weg wie im Schlaf, denn in den vielen mühevollen Stunden, in denen er den Tunnel gegraben hatte, war er mit jedem Quadratzoll vertraut geworden. Trotz der Waffen und der

Enge kam er zügig voran und erreichte die Luke, die man öffnen musste, um ans Tageslicht zu gelangen.

Zunächst tat er dies sehr vorsichtig und wartete, bis sich seine Augen an die grelle Sonne und den verbliebenen reflektierenden Schnee gewöhnt hatten, dann öffnete er den Zugang ganz, entfernte die am Vortag zur Tarnung über der Luke ausgelegten Zweige und steckte den Kopf hinaus.

Zunächst konnte er nichts Verdächtiges erkennen, doch nach einer Weile geduldigen Beobachtens entdeckte er in etwa fünfzig Yards Entfernung drei nebeneinander kauernde Männer, die damit beschäftigt waren, das zu basteln, was er am meisten fürchtete: Whiskeybomben. Aus der brennbaren Spirituose, Tuchfetzen und ein paar anderen Zutaten stellten sie eine Waffe her, die sobald sie entzündet war und zerplatzte, zu einem schwer löschbaren Feuer führen musste.

Nun kam es darauf an, nicht nur das Vorhaben der Männer zu vereiteln, sondern ihnen auch einen furchtbaren Schlag zu verpassen, den sie nicht mehr vergessen würden. Mit großer Langsamkeit und sich ständig nach allen Seiten absichernd, pirschte Blake dazu geduckt in Richtung seiner Gegner. Es dauerte eine gefühlte Ewigkeit, bis er sich ihnen so nahe befand, dass er ihre Unterhaltung verstand.

Diese war nicht sonderlich tiefschürfend, sondern die Männer unterhielten sich über die günstigsten Stellen für ihre Brandflaschen. Sie waren intensiv damit beschäftigt, diese fertig zu machen und schienen fest davon auszugehen, dass sich Blake noch im Innern der Hütte befand, sodass sie ihn gar nicht wahrnahmen, bis er auf wenige Yards an sie herangekommen war.

Dann kam er wie ein Sturm über sie. Mit Tomahawk und Messer drang er auf sie ein und ließ ihnen keine Chance, zu den Waffen zu greifen. Dabei schlug er nur mit dem Hammerkopf des Tomahawks und nicht mit der scharfen Seite und mit dem Messer fügte er lediglich oberflächliche Wunden zu.

Das Resultat war dennoch verheerend. Binnen kürzester Zeit lagen drei kräftige Männer verletzt, blutend und die Arme zur Abwehr nach oben gestreckt, auf dem Rücken. Da kein Schuss gefallen war, hatten die übrigen Gesetzlosen scheinbar nichts von dem Kampf mitgekriegt, und Blake befahl den Männern kurzerhand, ihre Stiefel auszuziehen und die Hände hinter den Rücken zu strecken. Missmutig folgten sie seinem Befehl und er fesselte ihnen kurzerhand die Hände hinter dem Rücken.

Dann führte er sie zu ihren Pferden, das Trommelgewehr im Halbanschlag. Hasserfüllt starrten ihn die drei Männer an, dann sie hatten auf Socken durch den restlichen Schnee gehen müssen. Blake erwiderte ihren Blick mit Kälte, dann sagte er: „Steigt jetzt auf und reitet in dieser Richtung den Hang hinunter. Ich habe von hier oben eine sehr gute Aussicht, und falls ihr euch zum Umkehren entschließen solltet, werde ich das Feuer eröffnen. Wie ihr gesehen habt, bin ich ein hervorragender Schütze. Jetzt reitet und dankt Gott dafür, dass ich ein anderer Mann bin als vor zehn Jahren. Sonst hätte ich jetzt eure Skalps genommen."

Die Männer stiegen in die Sättel, schenkten Blake noch ein paar lange Blicke und ritten davon. Blake wusste, dass er sie nicht für lange Zeit loswerden würde.

Doch es gab keine Zeit zu verlieren. Durch das Fortreiten der drei war ein weiterer von Burnabys Männern alarmiert worden und steckte seinen Kopf hinter einem Baum hervor. Blake sandte ihm aus der Hüfte eine Kugel, die ein paar Yards vor dem Mann in den Schnee schlug und ihn eilig in seine Deckung zurückkehren ließ.

Dann schlug sich Blake mit gekonnten Bewegungen auf Indianerart ins Unterholz. Zunächst bewegte er sich noch zügig vorwärts, dann immer langsamer und leiser. In einer Halbkreisbewegung näherte er sich der Position des Mannes den er zuvor beschossen hatte.

Je näher er diesem kommen musste, desto vorsichtiger und katzenartiger bewegte er sich. Für die letzten Yards nahm er sich besonders viel Zeit und lauschte. Mit einem Male vernahm er ein leises Geräusch, so etwa wie wenn jemand sein Gewicht im Schnee von einem Fuß auf den anderen verlagerte. Reglos harrte Blake aus, dann hörte er ein leises Husten. Er pirschte weiter vorwärts, bis er so nahe war, dass er den schweren Atem des Mannes vernehmen konnte. Noch ein halbes Yard, dann spähte er hinter einem Strauch hervor und konnte den Gesetzlosen sehen. Dieser hatte den Blick auf die Lichtung gerichtet und sein Gewehr angelegt. Zu Blakes Überraschung handelte es sich um einen übergewichtigen alten Mann, der sich in seiner Lage sichtlich unwohl fühlte.

Der Waldläufer schlich noch ein wenig näher heran, dann hielt er dem Alten einen der Walkers an die Schläfe und spannte den Hahn. Mit aufgerissenen Augen fuhr der Mann herum und starrte in die Mündung des Colts. Dann versuchten seine Lippen, Worte zu formen, doch es misslang. Doch Blake übernahm das Reden für ihn.

„Was hast du hier zu suchen, Alter?", fragte er den Mann.

Was der Alte in dieser rauen Einöde zu suchen hatte, erklärte er in wenigen Minuten. Obwohl ausgesprochen nervös vor Blakes Mündungen, sah er sich doch im Stande seine Geschichte zu erzählen: Er war aus Saint Louis in den Westen gekommen und, unzweifelhaft an seiner Aussprache zu erkennen, ebenso wie Blake ein Südstaatler. Anders als diesen jedoch hatten ihn nicht Patriotismus oder Abenteuerlust in den Westen gezogen, sondern sehr viel handfestere Gründe.

Er war dem Lockruf gefolgt, der von der Regierung der Vereinigten Staaten ausging und jedem, der die Mühen auf sich nahm, in den Westen zu ziehen, freies Land versprach. Das, was man seit kurzer Zeit in gebildeten Kreisen als „Manifest Destiny" bezeichnete, war nichts anderes, als die von politischem Kalkül gestützte Doktrin, dass es die Bestimmung des amerikanischen Volkes sei, sich alles Land im Westen anzueignen.

Dazu allerdings, und das sagte kein Politiker, musste dieses Land erst seinen ursprünglichen Besitzern, den Indianern, entrissen werden. So zogen sie also westwärts, Männer wie der Alte vor Blakes

Läufen, kein Geld in den Taschen und keine Hoffnung auf eine Zukunft, es sei denn, sie rangen diese einem rauen Land und einem mit diesem Land hervorragend vertrauten Volk ab.

Der Alte hieß Jeff Wilks und hatte im Süden ein Leben als Dockarbeiter geführt, doch er hatte erkennen müssen, dass es für jemand reiferen Alters nur noch wenige Möglichkeiten gab, falls er nicht über Geld verfügte. Sein Rücken war über die Jahre immer schlechter geworden und er hatte keine Freunde oder Verwandten, die ihn unterstützen konnten. Seine Frau war vor ein paar Jahren gestorben und er selbst sah sich nicht mehr als gute Partie, daher versuchte er auch gar nicht, eine neue zu finden. Dies waren die Hintergründe seines Aufbruchs in das Grenzland und so war er vor kurzer Zeit auf Burnaby gestoßen, der ihn, ebenso wie zahlreiche andere Männer, in den kleinen Städtchen des Grenzlandes angeworben hatte.

Nachdem er dem Alten aufmerksam zugehört hatte, beschränkte sich Blakes Unterhaltung mit Wilks auf wenige Sätze. Er machte dem Mann unmissverständlich klar, dass die Hütte und die umliegenden Wälder seine Heimat seien und dass er diese weder verlassen, noch Burnabys Vorhaben unterstützen werde.

Wilks dürfe, so Blake, mit seinen verbliebenen Kameraden ungefährdet abziehen, doch falls sich wieder jemand blicken ließe, so habe dies tödliche Schüsse zur Folge.

Der alte Mann war kein Held und er ließ sich nicht lange bitten, sondern trat einen zügigen Rückzug an.

In der Ferne konnte Ronan Blake die drei Reiter sehen, die innegehalten hatten und das weitere Geschehen abwarteten. Binnen weniger Minuten kam Wilks für sie in Sicht und Blake konnte beobachten, dass dieser sein Pferd bestieg und gemeinsam mit den drei Reitern davonritt. Ein paar Augenblicke später galoppierten auch die beiden von Blakes Gewehrkugeln verwundeten Männer sowie vier weitere, ihm bisher verborgen gebliebene Gestalten, auf ihren Pferden davon.

Blake atmete tief durch. Diese Runde hatte er gewonnen. Doch der Kampf hatte gerade erst begonnen.

Siebtes Kapitel

Pantherklaue und seine Krieger waren in ihr Dorf zurückgekehrt. Dort herrschte noch immer eine Stimmung von tiefer Trauer und Verzweiflung nach dem massiven Angriff, den Burnaby und seine Männer auf schutzlose Menschen verübt hatten.

Gemeinsam mit dem Schamanen verübte der Häuptling Rituale, um mit Hass, Zorn, und allen anderen Gefühlen umzugehen. Er versuchte, die Menschen des Dorfes zu erreichen, für sie da zu sein, und doch mehr zu tun, als sie zu blindem Hass gegen den Weißen Mann aufzuwiegeln.

Dennoch schien ein Kampf mit den Eindringlingen unvermeidbar. Pantherklaue wusste, dass die Chancen für seine Männer und ihn schlecht standen gegen einen mit derart mächtigen Waffen ausgestatteten Gegner. Seine Krieger waren den Weißen zwar zahlenmäßig etwas überlegen, doch Pfeil und Bogen, Speer und Kriegskeule ersetzten keine Hawken Rifles oder gar Revolver.

Der Häuptling der Crow hatte sich für einen kurzen Zeitraum in sein Zelt zurückgezogen und eine Pfeife geraucht, um ihre Situation zu überdenken, als Kleiner Hirsch, der Schamane, um Einlass bat. Pantherklaue war immer froh, den besonnenen, klugen Mann zu sehen und lud ihn zu sich auf eine Pfeife ein. Kleiner Hirsch, der seinen Namen aufgrund einer Vision in seiner Jugend erhalten hatte, setzte sich zu Pantherklaue und setzte die erloschene Pfeife erneut in Brand.

„Was sollen wir tun wegen der weißen Männer und dem Unrecht, das unserem Volk gerade geschehen ist?" Fragte der Häuptling unvermittelt. Kleiner Hirsch nahm mehrere Züge und schloss die Augen, bevor er nach einer scheinbar endlosen Weile antwortete: „Was willst du tun, Pantherklaue? Was solltest du tun? Ist dies dasselbe?"

Pantherklaue dachte einen Moment nach, dann ballte er die Fäuste, sah Kleiner Hirsch unvermittelt aus seinen harten Augen an und sagte unbeherrscht: „Sie alle umbringen! Jeden Einzelnen von ihnen will ich umbringen. Ich will, dass diese Männer für ihre Bluttaten bezahlen." Er hatte sich in Rage geredet, dann atmete er kurz durch und setzte noch einmal an: „Einen von ihnen werde ich am Leben lassen, sodass er zu den Weißen zurückkehren kann und ihnen berichtet, dass man sich mit den Crow besser nicht anlegt."

„Und dann, was dann?" Fragte Kleiner Hirsch vollkommen ruhig und entgegnete den Blick des Kriegers.

„Dann…" Pantherklaue schien kurz in Gedanken. „Dann werden mehr von ihnen kommen. Soldaten auf Pferden. Mit Kanonen. Sie werden kommen und unser Dorf dem Erdboden gleichmachen."

„Genauso ist es, Pantherklaue. Du hast es erkannt." Kleiner Hirsch rauchte weiter und sah durch die hochgezogene Zeltöffnung nach draußen. „Sie werden in Scharen kommen und sich dieses schöne Land aneignen und wir werden gar nichts mehr tun können, um sie davon abzuhalten."

Pantherklaue dachte über die Worte des anderen nach, dann schüttelte er seinen Stolz und seinen Zorn für einen Moment ab und fragte Kleiner Hirsch direkt: „Was sollen wir tun?"

Kleiner Hirsch rauchte die Pfeife zu Ende, ohne eine Reaktion zu zeigen, bis er schließlich unverwandt antwortete: „Wir bleiben hier im Dorf und verteidigen es. Jeder, der kämpfen kann, wird bewaffnet. Dann werden sie es nicht wagen, uns größeren Schaden zuzufügen. Sie können lediglich einzelne Männer schicken, die unser Dorf von den umliegenden Bergen aus beschießen. Dafür stellen wir Posten auf, die diese Männer abfangen. Und in der Zwischenzeit sprechen wir mit dem Wolf."

„Dem Wolf?" Pantherklaue sah den Schamanen fragend an. „Von wem sprichst du?"

„Von dem Weißen, der sich Ronan Blake nennt. Ein paar der Männer, die bei dem Kampf gegen ihn dabei waren, nennen ihn seitdem den Wolf. Wegen seiner Ausdauer, seiner List und seiner Einsamkeit."

Pantherklaue wirkte verwirrt. „Der erste Teil deines Planes klingt gut, Kleiner Hirsch. Er könnte von einem großen Anführer stammen. Aber warum sollten wir mit dem Weißen ein erneutes Gespräch suchen?"

„Weil er anders ist als die feigen Hunde, die dieses Dorf angegriffen haben, und weil er möglichweise Dinge über unseren Feind weiß, die für uns von großem Nutzen sein könnten." Kleiner Hirsch legte die Pfeife aus der Hand und wirkte mit einem Male müde und abwesend.

„Deine Worte muss ich achten, Kleiner Hirsch. Den ersten Teil deines Planes werden wir genauso ausführen. Was den Wolf angeht, so bin ich noch nicht sicher, ob es das ist, was ich tun will..."

„Tu es einfach, großer Häuptling." Sagte Kleiner Hirsch, ohne Pantherklaue anzusehen. „Tu es und sage den Kriegern, dir sei der Wolf in einer Vision erschienen. Gerade eben, in diesem Zelt. Tu es und du wirst sehen, dass es eine gute Entscheidung ist." Damit wandte er sich ab, wie mit einem Male todmüde, und ging aus dem Zelt.

Achtes Kapitel

Der Frühling kam immer rasanter, überall war Schmelzwasser zu sehen anstelle von Schnee, und die Temperaturen verlangten keine dicken Büffeljacken mehr. Ronan Blake mochte den Winter und die klirrende Kälte, in der oft die Sonne schien, und irgendwie glaubte er gar nicht mehr daran, dass sich der Frühling wahrhaftig durchsetzen würde.

Er hatte seine Wunden erneut versorgt und die Spuren des Kampfes vor der Blockhütte beseitigt. Für einen Moment saß er drinnen am Kamin und dachte darüber nach, wie er weiter vorgehen sollte. Für einen kurzen Moment stellte er sich vor, wie es wäre, die Hütte einfach zu verlassen und in die Zivilisation zurückzukehren. Doch dies war keine Möglichkeit, das war ihm deutlich bewusst, denn er hatte mit seinem alten Leben gebrochen und konnte nicht zurück.

Wer wäre denn auch noch da, um ihn zu begrüßen? Sie waren entweder tot oder schon längst fort, alle, die er einst gekannt und geliebt hatte. Und ein

Leben in einer der verrückten Grenzstädte des Westens, die ihn stets nur in Versuchung geführt und böse Erinnerungen geweckt hatten, konnte sich Blake nicht vorstellen.

Dann gab es noch die Option, mit Colonel Burnaby zu einer Einigung zu gelangen. Zwar würden ihn die verwundeten Männer hassen und am liebsten sofort umbringen wollen, doch Burnaby war ein gerissener Geschäftsmann, den in jeder Situation nur der Profit interessierte. Wenn er die Chance wittern würde, aus Blakes Abzug Vorteile zu ziehen, so gab es sicherlich zahlreiche Möglichkeiten.

Doch Blake war dieser Gedanke nicht nur zuwider, er verspürte auch noch etwas anderes: Zum ersten Male im Leben hatte er eine Heimat gefunden, in der er völligen Frieden fand und wo er seine Vergangenheit hinter sich lassen konnte. Diese Hütte, die umliegenden Berge und Täler waren zu seinem Heim geworden, und selbst mit den Crow schien er nun in Frieden leben zu können.

Für ihn waren die Indianer Teile der Natur, genau wie die Hirsche oder die Bären. Sie gefährdeten ihn nicht, solange er sie nicht bedrohte.

Nun aber kam etwas von außen, das allem Leben hier gefährlich werden konnte: Eine Macht, die sich nicht um die Gesetze der Natur scherte, nicht um die Ruhe auf den spiegelglatten Oberflächen der Seen und nicht um die stürmischen Böen auf den Gipfeln der rauen Berge.

Es war eine Macht, die sich nur für eines interessierte: Ein weiches, schweres Metall, das sich in den Tiefen dieser Wildnis in großen Mengen zu befinden schien. Sie würden es suchen, doch, das schwor sich Blake, anstelle des schimmernden Metalls, das sie suchten, würden sie ein anderes finden, das zwar ebenfalls schwer und weich, doch weit weniger schön anzusehen war.

Er würde dieses Blockhaus verteidigen, wenn nötig, mit seinem Leben, und er würde dem Feind so furchtbare Verluste zufügen, dass sich dieser gezwungen sehen müsste, sein Vorhaben aufzugeben und diesem Ort für immer den Rücken zuzukehren.

So befestigte er das Gelände um die Hütte herum also noch stärker. Er nahm einen Spaten und eine Spitzhacke und entfernte Wurzeln und Gestein an den Rändern des Steilhanges, damit dieser noch schwerer zu erklimmen war und das Gelände rutschiger wurde. Dies kostete ihn den ersten Nachmittag, doch Blake war mit dem Ergebnis recht zufrieden.

Abends putzte er sämtliche Waffen, sodass sie alle zuverlässig funktionieren sollten. Außerdem füllte er sich mehrere Hörnern und Pulverflaschen aus dem großen Pulverfass und fertigte unzählige Ladungen für die beiden Rifles und die Shotgun vor. Für die Walker Colts, den Patterson und sein Trommelgewehr fertigte er Papierpatronen an, die dafür sorgten, dass sich die Waffen wesentlich schneller nachladen ließen.

Die Reservetrommeln für sein besagtes Trommelgewehr lud er frisch und verstaute sie in seiner Jagdtasche, die er von nun an stets umhängen hatte. Auf diese Weise verfügte er ständig über ausreichend Munition und große Feuerkraft, selbst wenn man ihn überraschen sollte.

Der Gedanke, wieder in die Schlacht zu ziehen, erfüllte ihn nicht gerade mit Freude, doch wie jeder große Kämpfer verspürte er ein leichtes Kribbeln, ein Gefühl, das sich steigerte und ihn allmählich dem Kampf entgegenfiebern ließ.

Am nächsten Morgen errichtete er direkt am Rand des Steilhanges vor der Hütte eine kleine Palisade mit furchtbaren Spitzen. Die Konstruktion war gerade halb so hoch wie ein Mann, sodass niemand dahinter Deckung finden konnte, doch sie machte das Erstürmen des Hanges noch deutlich schwerer. Männer würden entweder versuchen, über die Palisaden zu klettern, doch Blake schälte das Holz, sodass es feucht war und keinen Halt bot, oder sie würden sich dahinter verschanzen, doch auch damit rechnete der Veteran: Er wählte Holz, das gerade so dick war, dass es eine Revolverkugel, die etwa beim Sturm den Hügel hinauf abgegeben wurde, abhalten konnte, doch auf keinen Fall konnte es seiner Hawken oder einem der schweren Walkers standhalten.

In den Sand hinter den Palisaden vergrub er schwere Tellereisen, die einen Mann kampfunfähig machen oder sogar töten würden, sofern ein solcher hineintrat. Diese Fallen aus seinem Fundus hatten ihm bereits viele Felle eingebracht, doch diesmal stellte er sie mit dem Gefühl auf, dass sie wirklich einmal von höherem Nutzen sein konnten.

Am Ende des Vormittages begann Blake mit einem weiteren Vorhaben: An bestimmten Stellen zwischen Palisade und Hütte legte er Sprengfallen an: Es handelte sich etwa um die natürliche Deckung, die ein Felsbrocken bot. Dort grub er eine bis zum Rand gefüllte Pulverflasche aus Messing ein, die er mit einer langen Zündschnur verband, welche ihren Ursprung in seiner Hütte hatte und sich von einer Schießscharte aus bequem zünden ließ.

Von derartigen Vorrichtungen baute er ungefähr ein Dutzend, und alle wurden mit langen, doch überaus schnellen Zündschnüren verbunden und ließen sie mitten im Gefecht, etwa mit einer Zigarre, blitzartig zünden.

Mittags legte er eine längere Pause ein, aß Rauchfleisch und trank heißen Kaffee, und gegen

Nachmittag ging er dann gut bewaffnet in den naheliegenden Wald, um dort weitere Kriegslisten vorzubereiten.

Zum einen legte er eine Unzahl von Schlingen und spannte feine Angelschnüre, die als Stolperfallen dienen würden. Ein paar davon verband er mit kleinen Glöckchen, die er in die Hütte hängte, und die ihn vor Eindringlingen warnen konnten, falls er schlafen sollte. Denn er hatte beschlossen, sich selbst in unterschiedliche Wachen einzuteilen, sodass er nicht etwa während der Nacht stets angreifbar sein würde. Ein variabler Schlafrhythmus mit nicht mehr als drei Stunden Schlaf am Stück würde in seiner Situation das Beste sein.

Zusätzlich zu den Glöckchen vergrub er im Bereich der Stolperfallen noch angespitzte Stäbe im Boden, sodass sie fest verankert waren und nur wenige Zoll aus der Erde ragten. Die Spitzen verdeckte er mit Laub.

Keine tödlichen, aber dennoch unangenehme Überraschungen, die besonders der Moral der gegnerischen Truppe zu schaffen machen mussten.

Gegen Abend entschloss er sich noch zu einer weiteren Maßnahme: Etwa zwanzig Yards vor der Hütte grub er ringsum einen winzigen Graben, dem man im Eifer des Gefechts kaum Beachtung schenken würde. Dieser jedoch wurde von ihm mit Sägespänen gefüllt, die er in Pech tränkte.

Falls es schlecht stünde, konnte er den Graben mittels einer geworfenen Fackel leicht entzünden und damit ein kleines Inferno auslösen, das zumindest für Verwirrung, vermutlich aber auch für Verwundete sorgen musste.

Am Ende des Tages fühlte sich Blake schon besser vorbereitet, und wenn er auch beschloss, seine Wachschichten bereits in der kommenden Nacht zu beginnen, so konnte er doch mit einer inneren Ruhe einschlafen.

Am nächsten Morgen kümmerte er sich darum, sämtliche Vorräte aufzustocken: Er holte Wasser, fing ein paar Fische im naheliegenden See, überprüfte Rauchfleisch, Konserven, Kaffee und Whiskey.

Wie bei seinem Kämpfen der Vergangenheit sollte nichts dem Zufall überlassen sein: Ein Feuer musste stets brennen, Eisen zur Behandlung möglicher stark blutender Wunden standen bereit, Verbandszeug, Alkohol und Kessel für heißes Wasser standen zur Verfügung.

Die Klingen von Messer und Tomahawk schärfte er noch einmal nach, bis sie die Schärfe von Rasiermessern erreicht hatten. Dann kümmerte er sich um den hinteren Teil der Hütte.

Es musste eine Art letzter Befestigung, eine Alamo-Stellung geben, in die er sich im äußersten Falle zurückziehen konnte. Also entfernte er im Schlafraum an der Rückwand der Hütte ein paar der massiven Bodenplanken und grub ein Loch ins Erdreich, in das er hineinklettern konnte. Wenn er aufrecht in dem Erdloch stand, ragten nur Kopf und Oberkörper heraus.

Vor etwa einem Jahr war ihm in einem Handelsposten ein kleinerer Tresor aufgefallen, der schon seine besten Tage hinter sich gehabt hatte und den er für ein paar Biberpelze hatte erstehen können. Dieser Tresor hatte stets dazu gedient, die Gelder, die Blake durch seine Arbeit als Trapper und Jäger erwirtschaftete, vor unbefugtem Zugriff zu schützen.

Nun wurde er zu einer überaus nützlichen Deckung im Innern des Blockhauses. Ronan Blake legte den Tresor auf den Boden, sodass er die Tür öffnen konnte, um dadurch noch mehr Deckung für seinen Kopfbereich zu gewinnen.

Dann legte er zwei der geladenen Walkercolts in das Innere des Tresors und lehnte die 12er Shotgun so an, dass er sie im Sprung in die Stellung greifen konnte. Außerdem verbarg er eine lange Kriegsaxt aus der Zeit der French and Indian Wars in seiner Stellung und versorgte diese mit ausreichend Proviant und Wasser.

Auch im geheimen Gang, der von der Hütte wegführte, versteckte er Messer, Wasser und Schießpulver. Anschließend konzipierte er noch ein paar Überraschungen, um kurz darauf auf sein Lager zu sinken und in einen tiefen Schlaf zu fallen.

Neuntes Kapitel:

Normalerweise wurde er stets nach drei Stunden wach, doch diesmal war es nicht nur die Erschöpfung, die ihn wachhielt. Er träumte von vergangenen Tagen, von seiner Jugend in Texas, von den Wäldern durch die er als junger Mann gestreift war, und von der Frau, die er geliebt hatte.

Diese Träume waren tief und traurig, doch sie waren keine Albträume wie jene, die er oft vom Krieg hatte. Es war nur die Sehnsucht nach einer längst vergangenen Zeit.

Er träumte von ihrem blonden Haar, ihrem Lächeln, dem herausfordernden Blick und dem wilden Schwung in ihren weiblichen Hüften. Sie war ursprünglich aus dem Territorium Minnesota gewesen, eine Nordstaatlerin also, und die beiden hatten sich in St. Louis auf einem Ball kennengelernt.

Schließlich war sie ihm in den Süden gefolgt, in seine heiße, wilde Heimat, das umkämpfte Texas der 1830er Jahre. Tragischerweise war das Glück, das er mit ihr verspürt hatte, nicht von langer

Dauer gewesen. Doch es waren nicht die mexikanischen Soldaten, die ihr trautes Beisammensein beendet hatten, sondern es war vielmehr das Schicksal in Form einer schweren Krankheit gewesen, die allem ein Ende bereitete.

Ronan Blake hatte nie zuvor so um einen Menschen getrauert, und er hatte sich eingestehen müssen, dass er sich nie mehr so auf eine Person würde einlassen können, falls er nicht zugrunde gehen wollte.

Nun sah er sie wieder im Traum, sah die schönen Orte, die sie gemeinsam gesehen hatte, die kleinen Städtchen, durch die sie gereist waren, die Schaufelraddampfer, auf denen sie den Mississippi befahren oder die Sonnenuntergänge, die sie gemeinsam am Lagerfeuer verbracht hatten.

Sie war eine Frau nach seinem Geschmack gewesen, schön, verführerisch und doch tief im rauen Leben der Pioniere verwurzelt, dass die beiden zu führen seit Kindesbeinen an gewohnt waren.

Er sah sie durch die Felder seiner Heimat streifen, wo das Getreide reif zur Ernte war, sah, wie ihre Hand versonnen über die Ähren strich und sie sich dann mit einem Male zu ihm umsah. Ein Lächeln trat in ihr Gesicht und kleine Fältchen bildeten sich um ihre blauen Augen.

Sie war eine Schönheit. Seine Miss Minnesota. Ihre Familie war von schwedischer Abstammung, und er hatte sie oft als seine „Viking Princess" bezeichnet. Eine stolze, starke Frau, und er liebte sie. In seinem Traum beugte sie sich zu ihm hinunter, als er verwundet im Bett lag, und als das Fieber in ihm wütete, bevor man ihm die schwere Musketenkugel entfernt hatte, da war sie stets bei ihm und er spürte ihre Gegenwart wie die eines Engels. Nun sah er sie wieder vor sich, doch diesmal lag sie in einem Bett, eingefallen und fiebrig, und schaute ihn aus tiefliegenden Augen an. „Ich werde immer bei dir sein, Ronan Blake, wohin auch immer du gehst", wisperte sie in sein Ohr, als er sich hinunterbeugte.

Dann verschwand sie und Ronan Blake erwachte.

Irgendetwas war anders als sonst. Er konnte es nicht genau bestimmen, doch im Halbdunkel der Blockhütte, im Schein der Glut, die im Kamin glomm, war nichts zu erkennen. Für einen Moment lauschte er, dann schnellte Blake empor.

Ein Glöckchen, das er mit den Schnüren im Wald verbunden hatte, fing mit einem Male an zu klingeln. In der blitzartigen, fehlerlosen Routine eines exzellenten Soldaten griff er nach dem Gurt mit den beiden Walkers, legte ihn um, ergänzte Tomahawk und Bowiemesser und schnappte sich das Trommelgewehr.

Binnen weniger Sekunden befand er sich im Innern des Ganges, der von der Hütte in die Nähe des Wäldchens führte und bewegte sich mit der katzenartigen Geschwindigkeit voran, die seine Ortskundigkeit erlaubte.

Nach kurzer Zeit befand er sich an der Luke, die, unter einem Baumstumpf verborgen, den Gang mit der Außenwelt verband. Vorsichtig und mit äußerster Körperspannung bewegte er sich nach draußen. Es war noch dunkel, doch ein fahler Lichtschein war bereits in der Ferne erkennbar.

Kein Geräusch ließ sich vernehmen, und Blake, der die Umgebung der Hütte von seiner Position einigermaßen gut eingehen konnte, beschloss, dass es das Beste sei, zu warten und zu lauschen.

Er selbst verschmolz im Schatten des Baumstumpfes mit seiner Umgebung, doch jeder Mensch, der sich vom nahen Wald aus in Richtung Hütte bewegte, musste diese Freifläche überqueren und unwillkürlich zu sehen sein. Doch die Dinge entwickelten sich ganz anders, als Ronan Blake jemals erwartet hätte.

Über eine Stunde verging, es dämmerte, und als es beinahe so hell war, dass er selbst in seiner geduckten Haltung auffallen musste, erschollen aus dem Wald Rufe in indianischer Mundart.

Es waren ohne Zweifel Crow, und als Blake sein Gewehr bereitmachte und in die Richtung zielte, hörte er, dass ein Krieger im Anschluss an einen indianischen Begriff seinen eigenen Namen, Ronan Blake, rief. Und dieser Krieger war, das erkannte der Texaner sofort, kein Geringerer als Pantherklaue.

Dann geschah etwas, das Blake noch mehr in Erstaunen versetzte: Pantherklaue trat, allein und unbewaffnet, aus dem Unterholz und schritt, laut Blakes Namen rufend, auf das Blockhaus zu.

Der Einsiedler brauchte einen Moment, um sich zu fassen, und wollte kurz mögliche Strategien und Listen überdenken, doch mit einem Male traf er eine Entscheidung. Er stand in aller Ruhe auf und ging auf den Indianerhäuptling zu.

Dieser änderte seine Richtung kaum merklich, so als habe er Blake schon lange erwartet, und hob die Rechte zum Gruß.

Was in den nächsten Stunden folgte, war eine seltsame und für Blake zugleich überaus rührende Zusammenkunft von Menschen zweier Völker, die einander kaum kannten, doch viele Fragen hatten. Ronan Blake lud Pantherklaue und die ihn begleitenden Krieger in seine Hütte ein, doch der Häuptling befahl seinen Männern, die Gegend zu überwachen und folgte Blake allein und unbewaffnet in dessen vier Wände.

Dieser entfachte sofort das Feuer, kochte Kaffee und bot Pantherklaue eine seiner Zigarren an, die dieser dankbar annahm. So saßen sie zunächst nur da, sahen einander an, rauchten und schwiegen, und gelegentlich tranken sie ein paar Schlucke Kaffee.

Das Schweigen empfand Blake keinesfalls als unangenehm; im Gegenteil, es erschien ihm, als würde er den Indianer schon seit Langem kennen.

Dann, ohne jegliche Hast, begann das Gespräch der beiden.

Es war ein Gespräch zwischen zwei Männern, von denen jeder die Sprache des anderen nur rudimentär beherrschte, doch die beide Erfahrung darin hatten, sich mit neuen Situationen auseinanderzusetzen.

So waren es Sprachfetzen, Gesten oder einfach nur Laute, die ihnen bei der Verständigung halfen.

Und sie verständigten sich gut.

Pantherklaue war begierig, mehr über Ronan Blake zu erfahren, den er als großen, ebenbürtigen Krieger kennengelernt hatte, und dieser erzählte von seiner Vergangenheit und der Zeit in diesen Bergen, so gut es ging.

Doch auch der Weiße hatte so viele Fragen an den Eingeborenen, und Pantherklaue war ehrlich erfreut über das Interesse des Mannes, der ihm vor kurzer Zeit noch als Todfeind erschienen war.

Der Crow erzählte dem Texaner von dem Leben, das sein Volk seit Urzeiten in diesen Bergen führte, davon, dass es ein Leben war, das von den Härten der Natur geprägt wurde, doch das auch Zeit und Raum ließ für die Schönheiten – er deutete zum offenen Eingang der Hütte – wie der morgendlichen Sonne, die hineinschien und Wärme spendete.

Er versuchte in einfachen Worten und mit zahlreichen Gesten, Blake von den schönen Dingen des Daseins und von der Verbundenheit der Natur zu berichten, doch selbst wenn er nur schwedisch gesprochen hätte, so wäre es Blake dennoch möglich gewesen, dem faszinierenden Mann zu folgen.

Pantherklaue war eine charismatische Persönlichkeit, so wie er selbst, und es war ein Vergnügen, seinen geistreichen und überaus humorvollen Ausführungen zu lauschen.

Er erzählte von seinen drei Frauen, und dass er jede von ihnen liebte, genauso wie er seine zehn

Kinder, vier Söhne und sechs Töchter, von ganzem Herzen liebte.

Umso erdrückender empfand Blake das darauffolgende Schweigen und die Veränderung im Gesicht des anderen, als dieser mit knappen, klaren Worten beschrieb, was die weißen Männer vor ein paar Tagen in seinem Dorf angerichtet hatten.

Blake, der die Geschichte bereits in Teilen kannte, hatte zu Beginn des Gespräches nichts davon erwähnt, da er nicht einzuschätzen vermocht hatte, wie der große Krieger darauf reagieren würde. Nun hörte er in betretenem Schweigen dem Bericht des Häuptlings zu, der von dem feigen Hinterhalt auf Frauen und Kinder erzählte, von einem sinnlosen Gemetzel und von der Feigheit der weißen Männer, die sich trotz großer Übermacht nach erstem Widerstand zurückgezogen hatten.

Er erzählte auch von den Toten und Verletzten, ausschließlich Frauen und Kinder, von ihren Familien, die um sie trauerten oder bangten. Von der Sinnlosigkeit sprach er, die er verspürte, wenn er an ihren Tod dachte.

Bei den Indianern, so vertraute er Blake an, gäbe es auch uralte und grausame Stammesfehden, und auch die Crow seihen seit jeher davon betroffen.

Aber in solch einer Fehde, erklärte er dem Weißen, ginge es meist um wildreiche Gebiete, um den Raub von Frauen, die der Stamm für seinen Fortbestand brauche, also um das Überleben. Dass man aber nur nach bunten Steinen suchte und dafür Menschen umbrachte, das war Pantherklaue bis zu jenem schrecklichen Tag noch nicht begegnet.

Die Indianer, so holte er aus, würden dem Land nur das nehmen, was sie für ihre Existenz bräuchten. Der weiße Mann jedoch sei von etwas getrieben, was so gar nicht zur Natur passe. Der Gier nach dem Mehr.

Ronan Blake brauchte die Worte des Crow nicht lange auf sich wirken zu lassen, um zu spüren, dass sie der Wahrheit entsprachen. Auch er hatte diesen Durst seines Volkes nach Gold niemals verstanden.

Nun aber, das zeigte er Pantherklaue, indem er eine Gewehrkugel ans Licht hielt, werden sie kein Gold bekommen, sondern Blei.

Der Häuptling zeigte sich erstaunt über Blakes Wunsch, gegen seine eigenen Landsleute in den Kampf ziehen zu wollen, um die Crow zu unterstützen. Doch Blake erklärte mit vielen Gesten, dass Burnabys Männer auch ihn bedroht und angegriffen hätten und dass es keinen Frieden in diesen Bergen geben werde, solange sie hier sein würden. Pantherklaue freute sich über Blakes Bekenntnis, und bot ihm an, mit den Seinen ins Indianerdorf zu kommen und von dort den Feind zu bekämpfen.

Doch der Einsiedler erzählte dem Indianer davon, wie sehr er diese Hütte liebte und dass er an diesem Ort seine Ruhe und seinen Frieden gefunden hatte. Um nichts in der Welt würde er von hier fortgehen und dies alles jemand wie Burnaby überlassen. Er spürte, dass die Zeit, für etwas Wirkliches zu kämpfen, gekommen war.

Gerade als sich Ronan Blake fragte, ob ihn Pantherklaue wirklich verstanden habe, aufgrund der Ungewöhnlichkeit seines Vorhabens und der Sprachbarriere, da sah ihn der Indianer lange und tief an und nickte schließlich.

Der Häuptling hatte Verständnis in den Augen, stand mit einem Male auf und reichte Blake die Hand, so wie es bei den Weißen üblich war.

Ronan Blake nahm die Hand und drückte sie herzlich, und die beiden Männer hatten Verständnis für den jeweils anderen.

Dann verließ Pantherklaue die Hütte und machte sich mit seinen Kriegern für den Rückweg bereit.

Doch bevor sie abzogen, überreichte er dem Einsiedler noch ein ganz besonderes Geschenk:

Es war ein sehr hochwertig verarbeiteter und kunstvoll verzierter Bogen mitsamt einem Köcher voller Jagdpfeile.

Gerade, als sich Blake bedanken und zurück zur Hütte gehen wollte, um ein Gegengeschenk zu holen, da sagte Pantherklaue zu ihm: „Lebe wohl, Wolf."

„Wolf?" Ronan Blake fragte den Häuptling, was er damit meinte.

Dieser erklärte ihm, dass die Männer, gegen die Ronan Blake gekämpft hatte, ihm diesen Namen gegeben hatten, weil er so ausdauernd und listig sei – und wegen seiner Einsamkeit.

Blake nickte und verstand, und ein wenig später winkte er den Reitern zu, als sie in der Ferne verschwanden.

Zehntes Kapitel:

Alles musste so kommen, hatte auf genau dieses Ende hingedeutet, und nun machte mit einem Male auch alles Sinn. Zum ersten Male, und da war sich Ronan Blake völlig sicher, konnte er einen Unterschied machen.

Es war eine ausweglose Situation, ohne Zweifel, genauso ausweglos, wie es damals für die Männer im Fort Alamo gewesen war. Nur knapp 150 Mann stark, hatten sie sich gegen einen zahlenmäßig mehr als zwanzigfach überlegenen Feind zur Wehr gesetzt, und das, obwohl sie hätten ausweichen können und wussten, das Ausharren den sicheren Tod bedeuten musste.

Viele Male hatte Blake in den vergangenen Jahren über Alamo nachgedacht, darüber, was diese Männer geleistet hatten und was sie tatsächlich hatten bewegen können.

Über die militärische Bedeutung der Belagerung konnte man sicherlich streiten – freilich, sie hatten den Feind an einem Ort gebunden und den Bewohnern von Texas sowie General Houston, der mit der Ausbildung einer neuen Armee beschäftigt war, wertvolle Zeit beschafft.

Doch es gab noch etwas Anderes – einen ideellen Wert dieser Schlacht. Zu zeigen, dass man bereit war, für manche Dinge sein eigenes Leben zu riskieren und letzten Endes auch zu opfern.

Dies hatte den Kampf um Texas für immer verändert, den Kampfeswillen der Texaner ins Unermessliche gesteigert und den Niedergang von Santa Anas Armee bewirkt.

Manchmal konnten also wenige Männer Großes leisten, auch wenn sie einem schier übermächtigen Feind gegenüberstanden. Möglicherweise galt dies auch für einen einzelnen Mann – Blake war bereit, es herauszufinden.

Als er Burnaby von den Thermophylen im antiken Griechenland erzählt und dieser das Gespräch auf die Schlacht von Alamo gelenkt hatte, war Ronan Blake bereits klar geworden, worin seine eigentliche Chance in diesem Szenario lag: Es war nicht etwa der Kampf mit den Indianern zusammen auf offenem Feld, der so gar nicht seinem Naturell entsprach und der irrsinnig viele Opfer unter den

Roten kosten würde, sondern vielmehr eine Schlacht in seiner eigenen Festung, die eine entscheidende Wende bringen konnte. Wenn es ihm nur gelänge, den Feind so stark wie möglich zu dezimieren, dann wäre dies das Opfer, auf das er sein ganzes Leben gewartet hatte und das er zu bringen gerne bereit war.

Die Kämpfe in seinen jüngeren Jahren waren ihm oft abstrakt erschienen, und wenngleich glühender Patriot, so hatte er die territorialen Ansprüche Santa Anas und seines eigenen Volkes doch mit Skepsis betrachtet.

Nicht selten war es ihm durch den Kopf gegangen, gemeinsam mit seiner Geliebten auf ein Pferd zu steigen und weiterzuziehen und dem grausamen Konflikt zu entgehen. Doch dann war es immer ein unbestimmtes Gefühl gewesen, nicht unbedingt Stolz, sondern eher das, was der Krieger verspürt, wenn man ihn fragt, ob er mit in die Schlacht zu ziehen bereit ist.

Es war ein guter Kampf, vermutlich die letzte Schlacht seines Lebens, und Ronan Blake fühlte sich so bereit wie nie zuvor. Er hatte alle Waffen überprüft, alle Vorbereitungen getroffen, es gab nichts mehr zu tun als zu warten.

Sie würden am Tag kommen, darauf verwettete Blake alles, was er besaß, denn bereits die letzten Begegnungen hatten ihnen Angst eingejagt. Kein Geld der Welt würde ein Heer dieser feigen Söldner dazu bewegen, sich nachts in die Höhle des Löwen zu wagen.

Also wartete Ronan Blake. Er saß in seinem bequemen Schaukelstuhl vor der Blockhütte, die Augen halb geöffnet, und wartete so ruhig wie noch nie zuvor vor einem Kampf.

Dann, mit einem Male, erblickte er in der Ferne einen einzelnen Reiter. Es war ein Ausguck, den sie gesandt hatten, und Blake beschloss, ihn gebührend zu empfangen. Zügig glitt er vom Stuhl, kniete nieder und griff mit der Rechten nach der neben ihm lehnenden Kentucky Rifle. Es war eine .45er mit wesentlich weniger Durchschlagskraft als die Hawken, und sie war ein veraltetes Steinschlossmodell, doch es gab kein Gewehr im Westen, mit dem Ronan Blake besser schießen konnte.

Also legte er die Kentucky auf das Geländer auf, quetschte seine Fellmütze zwischen Vorderschaft und Holz und prüfte sorgfältig die Verhältnisse.

Der Reiter war sicherlich mehr als vierhundert Yards entfernt und saß locker im Sattel, die Umgebung taxierend. Er rührte sich nicht und starrte in Richtung der Hütte. Dann sah Blake etwas aufblinken. Er hatte die Sonne im Rücken und hielt den Gegenstand für ein Fernrohr, das vermutlich aus Burnabys Besitz stammte.

Ein Grund mehr, es ihm abzunehmen, dachte er und prüfte den Wind. Dann brachte er Kimme, Korn und in eine Linie, atmete langsam ein und aus und betätigte den Stecher, der den Abzug viel leichtgängiger machte.

Gerade in dem Moment, als er den Eindruck hatte, der Mann würde ihn durch sein Fernrohr erspähen und ungläubig dreinschauen, zog er den Abzug durch. Der Feuerstein ratschte an der Batterie entlang, Funken flogen auf die Pfanne und entzündete die Ladung der .45er Rifle. Den Donner der Waffe nahm er in seiner Konzentriertheit kaum war.

Gefühlt verging eine Ewigkeit, dann sah er die schwere Kugel wie einen Faustschlag die Brust des Mannes treffen und diesen vom Pferd sinken. Es war ein außergewöhnlicher Schuss.

Blake empfand keine Freude, doch er hatte das Gefühl, etwas für die Crow und gegen jene skrupellosen Männer unternommen zu haben, die in einem gesetzlosen Land nur Tod und Zerstörung bringen würden.

Kurzerhand entschloss er sich dazu, sich im Dauerlauf zu dem Mann zu begeben. Zuvor lud er die Kentucky nach und hängte sich das Trommelgewehr um.

Als er den Kundschafter erreicht hatte, erkannte er sofort, dass dieser tot war. Die Kugel hatte sein Herz getroffen und sein Reitermantel war blutgetränkt. Blake nahm das hochwertige Fernrohr an sich, das tastsächlich die Gravierung *Douglas Burnaby, Chicago* trug.

Der Name Burnaby hatte Ronan Blake nichts gesagt, doch in Verbindung mit der Stadt Chicago erinnerte er sich an einen Artikel über skrupellose Spekulanten aus dem Osten, den er einmal gelesen

hatte. In diesem war auch Burnabys Name vorge-
kommen.

Er handelte davon, dass einige dieser Männer in
den Westen gezogen waren und dort nach Land
und Gold Ausschau hielten. Dazu bemächtigten
sie sich aller Mittel, die ihnen zur Verfügung standen, um indianischen Stämmen ihr Land abzuluch-
sen.

Eines dieser Mittel war die Kavallerie. Sie ermor-
deten irgendwo einen Siedler und schoben den
Mord den Indianern in die Schuhe, sodass die Armee ausrückte und Rache an den Eingeborenen
verübte. So, das schoss Blake durch den Kopf,
könnte auch diesmal der Plan aussehen.

Nur schade für Burnaby, dass er noch nicht auf
ausgebildete Soldaten zurückgreifen konnte, sondern sich mit unmotivierten Amateuren begnügen
musste. Erst wenn sie ihn, Ronan Blake, getötet
hatten, konnten sie sich möglicherweise an die Armee wenden und einen Vorfall im Grenzland mel-
den. Bis dahin, das wurde ihm nun klar, stand er
einer Streitmacht von Dilettanten gegenüber. Dies

jedoch war Blakes einziger Trumpf. Er war der Wolf unter einer Herde von Schafen.

Schnell nahm er dem Mann die Waffen ab, dann hob er den Toten auf das in der Nähe grasende Pferd, band ihn fest und gab dem Tier einen Klaps, sodass es in die Richtung davongaloppierte, aus der es gekommen war. Schon bald, das wusste Blake, würde Burnaby seine Botschaft erhalten und vermutlich vor Wut darüber schäumen, dass ein Mann seine Streitmacht erneut zum Narren gehalten hatte.

Als Blake zurückkehrte, schätzte er noch einmal seine Lage ein: Der Reiter war aus nördlicher Richtung gekommen, aus dem Flachland, das sich unterhalb der Wälder ersteckte, die jenseits der Palisade begangen. Ähnlich verhielt es sich im Westen: Blake konnte die Gegend mit seinen Waffen gut kontrollieren, wenn er im Innern der Hütte blieb, denn auf größere Entfernung konnten ihm die Söldner mit ihren Gewehren nichts anhaben. Sie mussten in Reichweite der Hütte kommen, um etwa das Dach ersteigen oder Feuer legen zu können.

Norden und Westen boten in 50 Yards Entfernung Palisaden und Schussfelder wie in einer Schießbude.

Auch Richtung Süden sah es gut aus: Ebenfalls bis zu rund 50 Yards Entfernung hatte Blake alles gerodet beziehungsweise nahezu jeden Stein entfernt, der als Deckung dienen konnte. Direkt dahinter schoss eine senkrechte Felswand über zweihundert Yards empor, da sie die Hütte quasi mit dem Rücken an einen mächtigen Berg erstreckte.

Die Felswand hinabzuklettern, war unmöglich, und die Hütte war ebenfalls zu weit von ihr entfernt, als dass man aus großer Höhe irgendwelche schweren Gegenstände auf sie hätte herabwerfen können.

Die Seite, die Blake am ehesten Sorgen bereitete, war die östliche, in welche auch der massive Eingang der Hütte wies. Nach fünfzig Yards gerodeter Freifläche grenzte das Wäldchen an, das Angreifern am ehesten taktischen Vorteil und solide Deckung bot.

Daher entschied sich der Mann dafür, den mit Sägespänen gefüllten Graben in Richtung Osten mit zusätzlichem Pech zu füllen, den gesamten restlichen Vorräten, die er hatte, und die Zündschnüre für die Sprengfallen Richtung Wäldchen noch einmal zu überprüfen.

Dann kehrte er in die Deckung der Hütte zurück und beriet sich ein kräftiges Mahl vor der Schlacht zu. Es war das, was er am liebsten aß: Ein kräftiges Hirschsteak, dazu gebratene Vogeleier und selbstgebackenes Brot.

Er krönte das Ganze mit einer kräftigen Zigarre und einem mächtigen Schluck Whiskey, der ihn entspannte und für einen Moment noch einmal in seine wilde, abenteuerliche Vergangenheit zurückkehren ließ.

Dann jedoch streifte er die Gedanken ab und sorgte sich ganz um die Gegenwart. Er überprüfte die Waffen des Mannes, den er erschossen hatte. Es handelte sich um eine einläufige Shotgun und ein paar Reiterpistolen. Nicht gerade die Bewaffnung eines berufsmäßigen Mörders, befand Blake und ergänzte damit seine Waffenkammer in der Alamostellung.

Dann schnappte er sich das Fernrohr des Colonels und überwachte die Umgebung durch die Schießscharten. In der Tat verging einige Zeit, bis etwas geschah. Die Botschaft, die er Burnaby in Form des toten Reiters geschickt hatte, würde für Verzweiflung sorgen und den Mut der Angreifer kühlen.

Was Blake nicht wissen konnte, war die Tatsache, dass sich in dem Moment, in dem Burnabys Männer den Toten in Augenschein nahmen, bereits ein nicht unbeträchtlicher Teil seiner Streitmacht auflöste. Über zwanzig Männer ritten davon und verzichteten auf den erhöhten Sold, den ihnen der Colonel versprach.

Beinahe die Hälfte der zwanzig rekrutierte sich aus denjenigen, die den ersten Angriff auf die Hütte durchgeführt hatten. Unter ihnen war auch der alte Wilks, der sich schwor, diesem unheimlichen Kämpfer aus dem massiven Blockhaus nicht noch einmal gegenüberzutreten.

Daher ritt er mit den anderen fort, kehrte zurück gen Zivilisation und verschwendete keinen weiteren Gedanken an das Gold in jenen unheil-vollen Bergen.

Derweil kochte Burnaby innerlich, erhöhte den Sold für jeden Einzelnen und befahl einen Sturm-angriff auf das Blockhaus.

Da das Gelände für eine Reiterattacke ungeeignet war, ließ der Colonel die Männer bis auf etwa drei-hundert Yards and die Hütte heranreiten und dann zu Fuß weitergehen. Die Pferde ließen sie ange-bunden zurück.

Der Colonel selbst überwachte diesen Angriff aus der Distanz. Von seiner Position aus war die Hütte für jemand, der sie nicht kannte, so gut wie gar nicht zu erkennen, da sie sich perspektivisch gese-hen an den Fels und die umliegenden Wälder an-schmiegte.

Doch das geübte Auge konnte die Freifläche se-hen, die sich in einem Halbkreis um die Hütte be-fand und die von einer Palisade geschützt wurde.

Das Gelände, von dem sie aus angriffen, war deut-lich niedriger und die Männer mussten auf zwei Seiten einen Steilhang erklimmen.

Erst jetzt erkannte Burnaby, dass es besser gewesen wäre, seine achtzig Mann aufzuteilen und den größeren Trupp aus dem Wald heraus angreifen zu lassen. Doch dafür war es nun zu spät, denn er hatte den Angriff impulsiv befohlen und die Männer befanden sich bereits auf dem Weg in den Kampf.

Als sie auf etwa zweihundert Yards an die Hütte heran waren, krachte von irgendwoher ein Gewehrschuss, und gleich darauf noch einer. Zwei Männer sackten tödlich getroffen zusammen.

Burnaby musste mit bloßem Auge schauen, da er sein Fernrohr nicht mehr besaß, und nach kurzer Zeit konnte er die Pulverwolken erkennen.

Überraschenderweise kamen sie nicht aus der Hütte, sondern schienen ihren Ursprung in der Nähe des Wäldchens zu haben. Ein kurzer Zeitraum verging, dann krachte ein weiterer Schuss, und diesmal kam der Pulverdampf vom Dach der Hütte. Sofort darauf krachten weitere Schüsse in rascher Folge und mehrere seiner Männer wurden schwer verletzt oder getötet.

Es musste dieser Mehrlader sein, über den Blake verfolgte, da war sich Burnaby sicher. Ein kleiner Teil seiner Söldner trat bereits den Rückzug, eine größere Zahl suchte verzweifelt Deckung im dem spärlich bewaldeten Gebiet, und nur etwa ein Dutzend mutiger Männer rückte weiter voran und auf die Palisade zu.

Noch einmal krachten sechs Gewehrschüsse in sehr schneller Folge, und die ersten, die gerade die Palisade erreichten, gingen zu Boden. Diesmal, so erkannte Burnaby, befand sich der Schütze im Innern der Hütte.

Er wechselt ständig seine Position, dachte er und verfluchte sich für den impulsiv gegebenen Angriffsbefehl. Dies schienen auch seine Männer zu merken, denn sie erwiderten das Feuer, aber meist in die Richtung, aus der die Kugeln zuletzt gekommen waren.

Erfahrene Soldaten würden nicht blind feuern, sondern Scouts schicken und das gegnerische Feuer abwarten. Erst dann, wenn die Mündungsfeuer oder Pulverdampf einer Waffe sähen, würden sie selbst das Feuer eröffnen.

Als die ersten Söldner sich hinter seiner Palisade hinzuhocken begannen, ergriff Blake die schwere Hawken. Er befand sich noch immer im Innern der Hütte und zielte durch eine der nördlichen Schießscharten. Von außen waren er oder sein Gewehr nicht zu sehen.

Dann wartete er, bis er von der fünfzig Yards entfernten nördlichen Palisade Gemurmel vernahm. Er schloss die Augen, horchte ganz genau, bis er sicher war, hinter welchem Teil des hölzernen Zaunes einer der Gegner hocken musste. Dann zielte er auf das obere Drittel der Palisade und drückte ab.

Die Wirkung der .54er Kugel war verheerend. Locker durchschlug sie die dünnen Stämme und traf einen der Angreifer mitten ins Gesicht. Die sich in der näheren Umgebung befindlichen Männer ergriffen sofort in Panik die Flucht.

Das war der Wendepunkt dieses ersten massierten Angriffes. Einige der Söldner hielten noch Stand und feuerten in wilden Salven auf die Hütte, doch auch sie ergriffen die Flucht, als Blake einen seiner Trümpfe aus dem Ärmel zog.

Er warf mehrere mit kurzen Zündschnüren verse-
hene Granaten, die er aus seiner Militärzeit hatte,
und diese sorgten für mehrere Verwundete und
Tote. Dann endlich zogen sich auch die letzten der
Angreifer zurück, bis sie die Pferde erreichten und
schließlich mit diesen völlig aus seiner Sicht verschwanden.

Ronan Blake war erleichtert über diesen Sieg,
doch er wusste, dass noch mindestens ein weiterer
Angriff erfolgen würde. Seiner Schätzung nach
hatte er bei dieser Attacke etwa ein Dutzend Männer getötet oder kampfunfähig gemacht, aber es
waren noch so viele mehr in Burnabys kleiner Armee.

Nun würden sie streiten, beraten, desertieren oder
mehr Geld verlangen. Es würde hoch hergehen im
feindlichen Lager, doch ein Mann von Burnabys
Schlag war noch nicht besiegt, das wusste Blake.

Elftes Kapitel

Tatsächlich hatte sich Burnaby mit seinen Männern etwa eine Meile weit zurückgezogen und ein Lager aufgeschlagen, in dem sie viele Lagerfeuer entfachten, für Verpflegung sorgten und sich um die drei frisch Verwundeten kümmerten, von denen zumindest einer nur sehr geringe Chancen hatte, den nächsten Tag zu erleben.

Was nun folgte, war ein heilloses Durcheinander. Männer redeten auf Burnaby ein, manche beschworen ihn, von einem weiteren Angriff abzusehen, andere verlangten mehr Geld und wieder andere sprachen bereits von einem Fluch, der auf jener Hütte lastete.

Als das Chaos so groß wurde, dass Burnaby für einen Moment lang befürchtete, er würde die Männer nicht mehr halten können, da donnerte die abgesägte Schrotflinte des mächtigen Jackson, den Blake zusammengeschlagen hatte.

Er feuerte beide Läufe in die Luft, sodass alle erschrocken innehielten und sich ihm zuwandten.

„Niemand von euch verlässt diesen Ort!" Brüllte

er, und sein Kopf war dunkelrot angelaufen vor
Zorn.

„Wir werden diesen Hund zur Strecke bringen!
Und dann werden wir uns das Gold der Roten holen und als reiche Männer zurückkehren!" Setzte
er nach.

Niemand wagte ihm zu widersprechen. Damit war
das Thema zunächst vom Tisch und bis auf ein
Vereinzelte, die sich im Eifer des Rückzuges
heimlich aus dem Staub gemacht hatten, war es
noch immer eine beachtliche Truppe von über
sechzig Mann.

Also schlugen sie ein festes Lager auf; Zelte wurden aufgebaut, noch mehr Lagerfeuer entzündet,
Konserven und erjagtes Wild wurden zu riesigen
Eintöpfen zusammengerührt, Kaffee wurde in
rauen Mengen gekocht.

Burnaby ließ Wachposten einteilen, die rund um
die Uhr das Camp bewachen und vor allem nach
Indianern Ausschau halten sollten. Aufgrund der
großen Feuerkraft der Gruppe fühlte er sich einem
möglichen eingeborenen Gegner jedoch weit überlegen.

Als es Abend wurde und die Männer satt und müde an den Feuern saßen, Whiskeyflaschen kreisen ließen und die Eindrücke des Tages zu verarbeiten suchten, hielt Burnaby eine Ansprache, in der er noch einmal auf die unermesslichen Reichtümer hinwies, die im Indianerland zu holen seien und betonte, welch großes Hindernis der Einsiedler für ihr Vorhaben darstellte.

In Burnabys Version der Geschichte war letztlich er der Aggressor gewesen, er, dem Burnaby einen fairen Deal angeboten hatte. Wie es oft mit den Menschen ist, so war dies auch für viele der Anwesenden exakt das, was sie hören wollten und sie bekräftigten Burnabys Worte und unterstützen ihn in anschließenden Diskussionen mit ihren Kumpanen.

Schließlich fügte Burnaby noch hinzu, dass er von den Crow keinen anderen Angriff erwarte und sich vielmehr sicher sei, dass sie ihr Dorf längst in die weiter westlich liegenden Hochebenen verlagert hatten.

Und so verging der Abend ereignislos und die Nacht brach über das wilde, weite Land hinein.

Vereinzelt waren Eulen zu hören, die den nächtlichen Himmel mit ihren seltsamen Rufen erfüllten.

Der Wind, der aus den Bergen kam, war zu vernehmen, und dann mit einem Male das Heulen eines einsamen Wolfes.

Die wenigen Männer, die noch wach waren, kuschelten sich tief in ihre Schlafsäcke aus dichtem Fell und rückten näher ans Feuer, und die Wachposten ließen ihre Hände unruhig über die Hähne ihrer Gewehre oder die Griffe ihrer Revolver gleiten.

Die meisten dieser Männer gehörten nicht an diesen Ort, den sie noch nicht einmal mehr als *Frontier*, sondern gleich als *Wilderness* bezeichneten. Für sie war dies alles fremd und feindselig, sie sehnten sich nach einem Dach über dem Kopf, einem bollernden Kanonenofen, einer gut gefüllten Bar in einem Saloon oder nach einem Bordell voller Huren.

Wilde Tiere, die von den Indianern verehrt wurden, wie Panther, Bär oder Wolf waren für sie feindselige Kreaturen, die aus dem Hinterhalt angriffen oder sich im Dunkel der Nacht über ihre armen Opfer hermachten.

Genau diese Denkweise war es, die Ronan Blake auszunutzen gedachte. Er wollte sie mitten in der Nacht angreifen, in ihrem eigenen Lager, lautlos und blitzartig wie ein Raubtier, und ihre Moral damit weiter schwächen.

Dazu hatte er sich den dunkelsten der ledernen Jagdröcke angezogen, die er besaß, sich sein Gesicht und die Hände mit Ruß geschwärzt, sodass das Weiß seiner Augen das einzig Helle an seiner Erscheinung war, und sich für eine ganz besondere Kombination von Waffen entschieden. Der Bogen, den ihm Pantherklaue geschenkt hatte, würde bei diesem Angriff eine besondere Rolle spielen, und er trug den Köcher auf dem Rücken. Darin befanden sich etliche Pfeile mit rasiermesserscharfen Jagdspitzen aus Feuerstein. Mit einem Bogen hatte er schon als Kind und Jugendlicher gejagt, und wenn er auch kein Meisterschütze war wie die Indianer, so reichten seine Fähigkeiten für das geplante Unterfangen dennoch vollkommen aus.

In seinem Gürtel steckten der scharfe und massive Tomahawk sowie das lange Bowiemesser. Auf Feuerwaffen würde er in dieser Nacht verzichten.

Es war ein Angriff, bei dem es auf Lautlosigkeit und Präzision ankam, und der das Ziel hatte, für weitere Deserteure in Burnabys Reihen zu sorgen. Blake wollte einen Teil seiner Gegner bis ins Mark verunsichern, sodass sie diesen Ort verlassen und nie mehr zurückkehren würden.

Als es etwa Mitternacht war, schlich er sich aus der Hütte. Zuvor hatte er ein paar Stunden geschlafen, in der festen Überzeugung, dass ihn Burnabys Leute im Dunkel nicht angreifen würden, und anschließend eine kräftige Mahlzeit zu sich genommen. Ein kräftiger Schluck Whiskey hatte seinen Geist belebt und als er draußen war, fühlte er sich stark und kampfbereit.

Die Verletzungen des Kampfes mit den Indianern waren gut verheilt und er hatte kaum Beschwerden und konnte sich geschmeidig und schnell bewegen. Die Luft war klar, es ging ein leichter Wind, doch es war auch bewölkt und kein Stern war am Himmel zu sehen. In der Ferne heulte ein Wolf.

Leise und routiniert überquerte der die Freifläche und schlug sich dann in den Wald, der in östlicher Richtung an die Blockhütte angrenzte. Da er sich hervorragend in seinem Gebiet auskannte, war es ihm ein Leichtes, den Schlingen und Stolperfallen aus dem Weg zu gehen.

Im Wald war es noch dunkler als vor dem Blockhaus, doch Ronan Blake liebte das wilde Land und fürchtete sich vor nichts. Nach geraumer Zeit hatte er den dichteren Wald hinter sich gelassen und die großen Nadelbäume der Rockies wichen dem spärlicheren Bewuchs der Ebenen. Das war das Gebiet, auf dem sich der einsame Kundschafter befunden hatte, den Blake mit der Hawken erschossen hatte. Hier musste er deutlich vorsichtiger sein, doch die völlige Mondlosigkeit der finsteren Nacht spielten ihm in die Hände.

Schon bald konnte er die Lagerfeuer des gegnerischen Camps sehen, und in gebückter Haltung pirschte er voran. Bevor er sich dem Lager näherte, überprüfte er den Wind und veränderte seine Richtung ein wenig, sodass er diesen direkt von vorne hatte und ihn die Pferde im Lager nicht wittern konnten.

Als er bis auf etwa fünfzig Yards an das äußerste Lagerfeuer herankommen war, bewegte er sich mit allergrößter Vorsicht. Die Mokassins, die er für dieses Vorhaben gewählt hatte, waren völlig leise, da aus Kaninchenfell, und seine geschmeidige, hirschlederne Kleidung gab ebenfalls keinen Laut von sich.

Ronan Blake suchte sich die natürliche Deckung eines Baumstumpfes und verharrte lauschend in der Finsternis. Er musste eine Weile warten, doch dann erkannte er durch gespanntes Beobachten und Horchen verschiedene Regungen in der Nähe des Feuers.

Er konnte mindestens zwei schlafende Männer ausmachen, die der Feuerschein erleuchtete, und außerdem einen Wachposten, der etwas abseits-stand und in westliche Richtung zu blicken schien. Die anderen Feuer befanden sich in größeren Ab-ständen über die Ebene verteilt Richtung Norden und Osten. Wenn er sich umdrehte, konnte Blake den mächtigen Felsen erahnen, der in einer knappen Meile Entfernung seine Hütte überragte. Es war nur ein dunkler Schemen, doch er bedeutete für Ronan Blake Sicherheit und Geborgenheit. Umso deutlicher spürte er die Notwendigkeit, diese Männer und ihren skrupellosen Anführer zu bekämpfen. Kurzentschlossen pirschte er weiter, in Richtung des Wachpostens. Dieser schien nichts von dem erfahrenen Trapper zu merken, und als dieser bis auf etwa dreißig Yards an seinen Gegner heran war, legte er einen Pfeil auf die Sehne.

Er wusste, dass die Distanz so kurz wie möglich sein musste, um einen tödlichen Schuss zu garantieren, und da er keinen weiteren Wachposten erspähen konnte, entschloss er sich, weiter zu pirschen. Noch wenige Yards, und das Unvorhersehbare geschah.

Obwohl kein Laut zu vernehmen war, drehte sich der Mann mit einem Male um. Es schien eine Ewigkeit zu vergehen, und Blake hatte den Bogen bereits gespannt, als der Mann ein leises „Jack?" von sich gab.

Dies war sein letztes Wort, denn Ronan Blake ließ den Pfeil fliegen und dieser rauschte binnen eines

Augenblicks auf den Wachposten zu und durchbohrte dessen Hals.

Gurgelnd sank er zu Boden und hielt sich die tödliche Wunde. Blitzartig kämpfte sich Ronan Blake nun durch das nächtliche Lager. Einem der Schlafenden schoss er zwei Pfeile durch den Rücken, und mit raubtierhafter Schnelligkeit war er am Feuer und erschlug zwei weitere Männer mit dem Tomahawk, da sie gerade im Begriff waren, aufzuwachen.

Anschließend zog er die Pfeile vorsorglich aus den Körpern der beiden Männer heraus, denn er wollte nicht, dass Burnaby diese zu leicht als Opfer der Indianer darstellen konnte, indem der der Armee Pfeile der Crow präsentierte.

Als er sein blutiges Werk vollendet hatte, vernahm er mit einem Male Schritte aus dem Dunkel der Nacht. Ohne zu zögern, schleuderte der instinktiv seinen Tomahawk in die Richtung, und ein markerschütternder Schrei bewies ihm, dass er getroffen hatte.

Ein paar Meter im Sprint, und er hatte den Söldner erreicht, der sterbend am Boden lag, den

Tomahawk in der Stirn. Blake entfernte die Waffe und verschaffte seinem Gegner einen schnellen Tod, doch dann vernahm er bereits Unruhe an einem der anderen Feuer.

So schnell er konnte, verschwand er im Dunkel in Richtung des Waldes, und nach kurzer Zeit war hinter ihm bereits die Hölle los. Fackeln wurden entzündet, Männer riefen durcheinander, Pferde wieherten und dann wurden erste Schüsse abgefeuert.

Blake schätzte, dass diese dazu dienten, das gesamte Camp so schnell wie möglich zu wecken, und rannte weiter, bis der das Gefühl hatte, die Lungen müssten ihm zerbersten.

Als er den Wald erreichte, fiel er in den langsameren Trott des erfahrenen Waldläufers und erreichte bald unbehelligt das Blockhaus. Dort angekommen, verriegelte er die Tür von innen, überprüfte alle Waffen und legte Bogen und Pfeilköcher ab. Sie hatten ihm gute Dienste geleistet. Ein paar Schlucke Whiskey ließen ihn bald in einen Zustand der Entspannung gleiten. Er entfachte das Feuer im Kamin neu und betrachtete es aus seinem

Schaukelstuhl. Hatte er sich doch vorgenommen, nie mehr einen Menschen zu töten so war es doch anders gekommen, und wenn er auch das drückende Gefühl seines Gewissens wieder spürte, so war es doch auf einmal, als kämpfe er für die richtige Sache.

Noch einmal glitten seine Gedanken in die Vergangenheit, kreisten um die Kämpfe in Texas, seine geliebte Frau und das Gefühl der Verlorenheit, dass ihn in die Wildnis hatte ziehen lassen.

Seitdem er den Crow und Pantherklaue begegnet war, so schien es ihm, hatte er zum ersten Male Menschen getroffen, bei denen er das Gefühl hatte, sich ihnen anvertrauen zu können und möglicherweise sogar Frieden für seine Seele zu finden.

Es waren Menschen, die Respekt vor der Natur hatten und mit ihr im Einklang lebten, Menschen, die wie er ein Leben abseits der großen Menschenmassen vorzogen und dennoch im hohen Maße sozial waren. Zu ihnen, das spürte er nun, spürte er sich sehr hingezogen.

Wenn alles anders gekommen wäre, sinnierte er kurz, hätte er möglicherweise dem Angebot von

Pantherklaue Folge geleistet und wäre ins Indianerdorf gezogen. Allerdings, das wusste er auch,
hätte dies irgendwie nicht zu ihm gepasst. Er war
schließlich Ronan Blake, der Einsiedler, den sie
mit einem Wolf verglichen.

Er war Ronan Blake, dachte er, und ein leichtes
Lächeln spielte um seine Lippen.

Doch nun, das war ihm in jenen Momenten völlig
klar, war es für alle Zukunftsvisionen zu spät. Es
würde alles anders kommen. Alles würde, alles
musste hier enden, hier in seiner Blockhütte in den
Bergen, hier in seiner Alamostellung.

Letztes Kapitel: Alamo

Der nächste Morgen offenbarte den Männern in fahlem Licht, was in der Nacht unter ihnen gewütet hatte: Fünf der ihren waren tot, und die schweren Wunden, die ihnen zugeführt worden waren, ließen die meisten der Anwesenden erschauern.

Trotz aller Versuche Burnabys und Jacksons, die Truppe zu beschwichtigen, setzte sich mehr als die Hälfte der Männer auf ihre Pferde und ritt davon. Diese Männer schworen sich, nie mehr in jene Berge zurückzukehren, die nur Tod und Verderben gebracht hatten.

Diejenigen, die blieben, waren entweder so verzweifelt, dass sie für Gold alles zu tun bereit waren, oder harte, brutale Kerle, die der Tod nicht schrecken konnte.

So rückten sie also vor, ohne dass viele Worte gefallen wären. Sie alle wussten, was zu tun war: Schon am vorigen Abend hatte Burnaby verkündet, dass man diesmal von allen drei Seiten angreifen und die Hütte mit Fackeln in Brand setzen werde.

In diesem fahlen Licht war auch Blake bereits auf dem Posten. Er hatte ein paar Stunden geschlafen, anschließend gefrühstückt und nun lag der auf dem Flachdach des Blockhauses und beobachtete die Umgebung durch das Fernrohr. Neben ihm lagen die drei Rifles, alle anderen Feuerwaffen befanden sich im Innern der Hütte.

Er musste nicht lange warten, dann erkannte er einige Schemen, die sich aus verschiedenen Richtungen auf seine Position zubewegten. Als sie auf äußerste Schussweite für seine Rifle heranwaren, riskierte er einen Schuss.

Die .54er schon mit Kraft gegen seine Schulter, doch er wusste gleich, dass die Kugel verfehlt hatte. Das Licht war für einen derart weiten Schuss einfach noch zu schwach.

Die Salve, mit der sie ihm antworteten, war unkoordiniert und die meisten schossen aus der Bewegung heraus, deshalb kümmerte sich Blake gar nicht darum, sondern lud stattdessen die Hawken nach.

Als er das nächste Mal einen der Schemen anvisierte, war dieser bedeutend näher als der vorige, und die schwere Kugel traf mit tödlicher Präzision ihr Ziel und warf einen massigen Mann zu Boden. Dann begannen sie mit dem, was sie wohl für einen Sturmangriff hielten. Schreiend und wild in Richtung Blockhaus feuernd, rückten Burnabys Männer vor.

Doch die Hawken donnerte noch zweimal mehr, und dann die Kentucky ein einziges Mal, bis die ersten Männer den Steilhang beziehungsweise den Wald erreichten.

Gegen die Männer im Wald konnte Blake wenig unternehmen, doch das Flachdach der Hütte hatte er beim Bau mit massiven Stämmen verstärkt, die wie Zinnen einer Burg wirkten und ihm erlaubten, sich liegend oder je nach Position des Gegners sogar kniend auf dem Dach zu bewegen, ohne dass er von Kugeln getroffen werden konnte.

Daher ignorierte er den sich rechts von ihm befindlichen Wald zunächst und nahm im Liegen diejenigen unter Feuer, die den Steilhang in Richtung Palisade erstürmen wollten. Dazu bediente er sich dem äußerst effektiven Trommelgewehr im

Kaliber .52 und schoss vier der Angreifer nieder, bevor sie den Steilhang überwunden hatten.

Dann hatten sie die Palisade erreicht und nahmen das Dach der Hütte unter gezieltes Feuer. Auch aus dem Wald ertönte der eine oder andere Schuss, und Blake wusste, dass es an der Zeit war, die Position zu wechseln. Nun kam der etwas kitzlige Teil, der ihn für kurze Zeit dem Gewehrfeuer exponieren würde.

Er musste sich vom Dach in die Hütte begeben. Beim Bau der selbigen hatte er auf eine Öffnung im Dach verzichtet, da eine solche ein zu großes Sicherheitsrisiko dargestellt und es Eindringlingen ermöglicht hätte, unbemerkt einzudringen.

Daher musste er vom Dach springen und über den Eingang in die Hütte gelangen. Inzwischen war das Gewehrfeuer stärker geworden. Er wartete einen Moment ab, bis es abschwoll und viele der Männer offensichtlich laden mussten, dann ging er noch einmal den Ablauf durch, schnappte sich seine drei Gewehre und sprang vom Dach.

In dem Moment geschah es. Es musste eine zufällige Kugel gewesen sein, die sein Bein traf, denn sie tat es, als er sich gerade im Sprung vom Dach befand.

Er fühlte, wie sie seinen Oberschenkel durchschlug ließ die Waffen fallen und hatte alle Mühe, bei der Landung auf der harten Erde nicht noch umzuknicken.

Der Schmerz durchschoss ihn und dann kam das Adrenalin. Wie in Trance entriegelte er die mächtige Tür, sammelte die Gewehre vom Boden auf, schleppte sich ins Innere der Hütte und verriegelte die Tür wieder.

Dann erst, als von außen Kugeln wie wütende Hornissen gegen die Hüttenwände flogen, gestattete er sich einen Blick auf die Verletzung. Es war eine üppige Fleischwunde, vermutlich von einer .45er, und sie würde stark zu bluten anfangen, wenn der Schock erst einmal vorüber war.

Glücklicherweise, und das hatte er sofort gespürt, handelte es sich um einen Durchschuss. Blitzartig legte er einen Verband an, für mehr war im Augenblick keine Zeit.

Dann bemannte er eine der nördlichen Schießscharten und sah gerade, wie ein halbes Dutzend

Männer die Palisade überwanden. Das Trommelgewehr funkte dazwischen, doch das Feuer, das die in Deckung befindlichen Angreifer erwiderten, war derart heftig, dass Blake die umherfliegenden Holzsplitter ins Gesicht fuhren und er die Schießscharte unter Schmerzen verlassen musste.

Ein Blick nach Osten zeigte ihm, dass eine größere Anzahl von Männern das Wäldchen durchquert hatte und nun die Hütte unter Feuer nahm.

Er feuerte eine gezielte Trommel auf sie ab, dann wechselte er die Position und ging an die westliche Schießscharte. Dort hatten mehrere Gegner ebenfalls die Palisade überwunden und rannten in Richtung Hütte.

Blake vermutete, dass die Männer im Norden dasselbe tun würden. Daher holte er einen brennenden Kienspan aus dem Kamin und schleuderte ihn in den mit Pech und Sägespänen gefüllten Graben. Zusätzlich hatte er am Vorabend an besonders prekären Stellen noch größere Mengen Schießpulver hinzugegeben.

Die Wirkung seiner List war erstaunlich. Innerhalb kürzester Zeit war die Hütte von einem

Brennenden Halbkreis umgeben, und Schreie und Flüche erschollen. Wenige Momente später erfüllte starker Qualm die Luft.

In diesem Moment entschloss sich Blake dazu, sämtliche Lunten für die Sprengfallen zu zünden. Sie hatte er am Graben vorbeigelegt und verschiedene dumpfe Schläge im Umkreis verriet ihm, dass sie funktionierten. Die Situation war viel zu chaotisch, als dass er einzelne Lunten hätte zünden können, doch diesmal waren es Schmerzensschreie, welche an verschiedenen Stellen des Schlachtfelds zu vernehmen waren.

Vereinzelte Rufe nach Rückzug waren zu vernehmen, doch großer Lärm und wildes Revolverfeuer direkt vor der Hütte zeugten davon, dass eine größere Anzahl von Männern im Begriff war, das Blockhaus zu stürmen und ihm den Garaus zu machen.

Sollen sie nur kommen, dachte Blake, und hörte bereits ihre Äxte auf die Tür einschlagen. Eine Überraschung würde er ihnen noch bereiten. Also lud er die doppelläufige Schrotflinte noch zusätzlich über der Schrotlandung mit ein paar Nägeln, dann klemmte er sie so ein, dass sie auf die Tür zeigte, und verband ihre Abzüge mit einem langen Stück Draht.

Außerdem schnappte er sich die letzten beiden Granaten, über die er verfügte, und zog sich mit den übrigen Waffen in den hinteren Teil der Hütte zurück.

Als er sich in seiner Stellung befand, konnte er sehen, dass sein Verband durchgeblutet war und dass die Blutung deutlich stärker war, als er erwartet hatte. Aber es blieb keine Zeit, einen weiteren Verband anzulegen.

Die Geräusche im Eingangsbereich verrieten ihm, dass seine schwere, in vielen Stunden gefertigte Tür im Begriff war, nachzugeben.

Innerlich machte er sich für den letzten Kampf bereit. Dann waren sie im Innern der Hütte. Schreie und wilde Revolversalven ertönten, und er konnte sich vorstellen, wie sie erst einmal auf alles im Innern feuern würden, bevor sie bemerkten, dass er sich um die Ecke in einem anderen Raum befand.

In dem Moment riss er den Draht durch. Der Lärm der Doppelflinte war ohrenbetäubend und Blake war sich sicher, dass die Läufe durch die zusätzlichen Nägel und die Überladung geplatzt waren.

Grauenvolle Schreie jedoch verrieten ihm, dass die Waffe ihr Ziel nicht verfehlt hatte. Sekunden vergingen, Pulverdampf und der Qualm seiner Feuer im Graben drangen zu ihm in die Stellung; dann hörte er eine Vielzahl von Männerschritten, die sich der Hütte näherten.

Geistesgegenwärtig hielt er die Zündschnüre der beiden Granaten an den glimmenden Zunder, kroch ein wenig nach vorne aus der Stellung und warf beide um die Ecke in Richtung Eingang.

Die Zündschnüre waren sehr kurz, und es blieb nur ein Augenblick für ihn um in die Deckung zurückzukehren, dann gab es zwei Schläge, wie er sie nur aus dem Krieg kannte.

Die ganze Hütte erzitterte die schweren Balken ächzten, alles Glas im Innern zersprang und für einen kurzen Moment hatte er das Gefühl, taub zu sein.

Binnen Sekunden füllte sich das Innere der Alamostellung mit beißendem Rauch, und er sah sich gezwungen, in den Tunnel zu kriechen.

Dann also auf diese Weise, dachte er bei sich, schnappte sich die vier Walker Colts, die im Tresor gelegen beziehungsweise im Holster an der Wand gehangen hatten, überprüfte seine Nahkampfwaffen und kroch durch den Tunnel, bis er Luke und Baumstumpf erreichte.

Langsam und vorsichtig spähte er ins Freie in Richtung Hütte. Das Bild, das sich ihm bot war eins des Grauens. Die Shotgun und die Granaten hatten furchtbar unter den Angreifern gewütet und eine Schneise der Vernichtung hinterlassen, der Eingangsbereich der Hütte war vollkommen gesprengt. Auf dem Dach hatten sie bereits Feuer gelegt, dass sich allmählich ausbreitete.

Ein Rundumblick zeigte Ronan Blake, dass tatsächlich alle Angreifer im Sturmangriff auf die Hütte zugelaufen sein mussten; im Umkreis war niemand mehr zu sehen.

Vor der nördlichen Wand der Hütte jedoch hatte sich der Trupp der Überlebenden versammelt, und Blake erkannte gleich die mächtige Gestalt Jacksons, der auf die Männer einredete und sie mit wilden Gesten zu einem letzten Sturmangriff zu bewegen suchte.

Jackson eingeschlossen, zählte Blake zehn Männer. Er lockerte die beiden Walkers in den Holstern und die beiden in dem breiten Revolvergurt, dann zwängte er seinen mächtigen Körper durch die Öffnung und humpelte auf die Männer zu.

Seine Wunde blutete nun sehr stark und er fühlte ein angenehmes Gefühl der Abgeschlagenheit, doch davon abgesehen fühlte er sich völlig mit sich im Reinen und hatte zum ersten Mal im Leben das Gefühl etwas für andere zu tun.

Als die Gegner seine Schritte hörten, fuhren sie herum und sahen ihn ungläubig an. Bis auf Jackson zeigten ihre Mienen Fassungslosigkeit und blankes Entsetzen, und es wirkte, als hätten sie einen Geist gesehen. In Jacksons Augen jedoch sah Blake nichts als Hass. Unwillkürlich musste er lächeln, dann laut lachen. Bis auf etwa zehn Yards schritt er an die Gruppe heran.

„Ronan Blake." Sagte er laut, wie um sich vorzustellen. Dann ließ er die Walkers sprechen. Jackson zog ebenfalls sofort und feuerte, doch die anderen waren so verdutzt, dass ein paar Augenblicke vergingen, bis sie das Feuer erwiderten.

Schwer getroffen, ließ Ronan Blake die Colts fallen und zog das zweite Paar, und die Lust war erfüllt von Pulverdampf und Todesschreien. Blake spannte, feuerte, spannte und feuerte, doch er spürte die zahlreichen Treffer und fühlte, wie seine Kraft erlahmte.

Neun der zehn Männer waren tot zu Boden gesunken, nur Jackson stand noch, obwohl Blake ihm vier Kugeln in den Oberkörper verpasst hatte. Jacksons Colt klickte in dem Moment, in dem auch Blakes Colts leer waren.

Dann stürmte der Hüne brüllend vorwärts, zog ein Messer auf dem Gürtel und stach auch Blake ein. Für diesen erschienen die Bewegungen des anderen wie in Zeitlupe und die Klinge traf zweimal seine Brust, bevor er den Tomahawk frei hatte und einen kurzen, tödlichen Hieb von unten führte.

Der wirkte wie ein Aufwärtshaken beim Boxen, durchschlug das Kinn des Mannes von unten und schickte ihn krachend zu Boden. Den nächsten

Hieb in den Schädel Jacksons tätigte Blake im Vorbeigehen, wie in Trance.

Dann sank er nieder. In diesen Momenten wurde ihm so viel klar, so viel über sein Leben, über die Gewalt, der er immer wieder begegnet war, über die Liebe, die ihn einst verändert hatte und hätte erretten können.

Seine Hütte brannte und keiner der Männer in der näheren Umgebung war noch am Leben, und Ronan Blake wollte sich gerade auf den Rücken legen und die Wolken betrachten, als er in der Entfernung einen einsamen Reiter sah.

Kein Zweifel, es war Burnaby, der sich der Hütte zögerlich näherte. Mit einem Male waren Blakes Kräfte wieder da, er sprang auf und griff nach einer der vielen Rifles auf dem Boden, die offensichtlich geladen war.

Ein letztes Mal, dachte er, kniete und legte an, um sich für den letzten und wichtigsten Schuss seines Lebens vorzubereiten.

Burnaby jedoch hatte Blake ebenfalls erspäht und wendete blitzartig sein Pferd. Gerade in dem Moment, als Blake einen Treffer für nicht mehr möglich hielt, atmete er aus und krümmte langsam den rechten Zeigefinger.

Den Rückstoß der Waffe spürte er nicht mehr, doch er sah Burnaby noch aus dem Sattel sinken, dann lehnte er sich zurück und beobachtete die vorbeiziehenden Wolken, ein Lächeln auf den Lippen.